實驗室系列

學長與學弟 上冊

Arales 著

相知篇

目次

楔子

在準備考研究所的時候。

「媽……其實我不太想考欸……」

「你在胡說什麼!!你知不知道……（以下五百字略）……給我乖乖的去考!!」

「喔……」

於是就乖乖的去考，出錢的人是老大嘛……

放榜的時候。

「上了沒有？」

「備取。」

「那是上了還是沒上!?」恨鐵不成鋼的娘親在問答間醞釀怒氣。

「要等等看。」

「等多久？」

「十天吧……」

總之，身為考生的死小孩終究還是強上一些，所以娘親也只好耐著性子的等上十天。

然後，備到了。

去找教授的時候。

「欸～!?學弟，你要進我們實驗室啊？」

「嗯。」眼前的學長不算高，看起來很好相處，助理說他是博班的學長。

那應該很厲害囉？

「你怎麼會想進這間實驗室？」

學長的臉上有些不懷好意。

不懷好意？不懂……

「感覺還蠻有趣的吧……而且我又不太想進其他實驗室。」

「喔!?那你是確定要進囉？」

「學長，還沒跟老師談過……要老師點頭才算數吧？」

「親愛的學弟，不要怕，老師一定會答應的。」

半小時後，老師真的答應了。

……鐵口直斷啊……

「嘿嘿，那麼，學弟你要加入哪一組？我們這一組還是另外一組？」

「……哪、哪一組？」

蕙質蘭心善體人意的學長很快便發現新進的學弟在狀況外。

「那我換個說法好了，你想三年畢業還是兩年畢業？不相信我的話你可以去問助理或是其他的學長姐。」

「不用問了，學長，我加入你那一組。」

然後學弟立刻看到了同組的學長姐在歡呼。

「耶～太好了～今年有壯丁啊～～～」

「歡迎你加入，學弟，從下禮拜開始實驗生物就交給你了。等一下這位學姐會跟你介紹實驗室，以及我們這組平常的例行工作，其他的東西會慢慢教你。」

「學長，剛才的歡呼是？」

「啊，那個啊，沒辦法，誰叫去年的新生都是女的。」

原來如此……難怪是壯丁啊。

一瞬間成為跟學長同病相憐的難兄難弟，學長不無感慨的再次拍著學弟的肩膀。

「學弟，歡迎你加入本實驗室。」

第一章 三萬塊

博班的大學長其實是個有錢的無聊人。

或者說，他是個無聊的有錢人。

他有用零用錢買的兩棟房子、成對的車庫，沒有車，因為懶的養所以賣掉了，但是有一台怎麼看怎麼貴的摩托車。

平常隨便穿隨便扔的外套七千，粗魯對待的長褲五千，腳上穿來趴趴走的鞋子據說是四千多。

他最近的目標，是為他的桌上型電腦物色一個二十四吋的液晶螢幕。

至於豪華的音響，由於目前那一套還是很滿意，所以也就沒有換下一組的打算。

個性開朗聰明體貼的大學長，就～是那種發自內心真心誠意討厭便宜貨的人。

但是，這樣的學長卻有讓人意想不到的口頭禪。

「……好想找人包養我啊……」

當學長如此感慨的時候，學弟可是回過頭確認了好久，才肯定的確認出究竟是誰說出這句話。

「……學長？」

「幹嘛，學弟？」

「你想找人包養你？」

「是啊，怎麼，不行啊？我就不能給人包養嗎？」

可以呀，學長。當然可以。但很重要的一點是……

「……有人養得起你嗎？」

於是學長陽光燦爛的臉上出現了受傷委屈的表情。

「學弟，你這是什麼話，我要的也沒有很多好不好，才一個月三萬，你都被那些心機深重的學姐們誤導了，這是歧視你知道嗎，我這個人，其實是很樸實的。」

「拜託！你這個有錢人喊窮說樸實的話，那我們這些窮人要怎麼生活！一個液晶螢幕想買二十四吋、讀個研究所就自掏腰包買房子買車庫還告訴我脫手時比較值錢的人到底哪裡窮了!!」聽不下去的學姐瞬間暴走，長長一段不換氣的句子讓整間實驗室的人拍手叫好。

「去，我到底哪裡惹到妳了，妳要知道，誰知道我博士班會讀幾年，租房子都等於買房子了耶，我這叫長痛不如短痛好嗎，所以我現在才會沒錢啊！」

「是你自己要住那麼貴的房子！你可以住便宜的、去住宿舍，車庫也是多餘的，你根本就沒車!!」

「房子都一樣貴好嗎？我就是帶衰抽不到宿舍不行嗎？你以為這年頭沒有車庫的房子會有人要買嗎？」

「你想騙誰啊！你根本就沒去抽宿舍，當我不知道!?」

「好啊，就算是這樣也不能證明我就是個有錢人，我錢就是花下去了，我就是沒錢吃飯也不行嗎？而且，我要訂正，我的液晶螢幕還沒買，我很窮，都沒錢吃飯了哪有錢買。」

……沒完沒了……

有錢人跟窮人有著後天的恩仇恨比天高，這些都可以理解的。

但是這嚴重的偏離主題，果然人多聊天就容易離題，不，是不離題才有鬼。

「我說，學長，你還沒告訴我，究竟是為什麼想找人包養你？」

「你還聽不出來嗎，學弟。我窮呀，飯都沒得吃了啊，自給不足當然得找人養我呀！」

「……學長，我記得三天前你還跟我討論過海外基金哪一支比較好、今年的期貨賺了多少，還有最近手頭閒置的一百萬，還在決定到底該怎麼用是吧？」

「笨、笨蛋！那個跟那個不一樣!!」

說出口的話就像是潑出去的水，一瞬間整間實驗室的人臉上的笑容都奇特的看得到鬼氣。

沉默，傻笑。

「……學長。」

「……嗯？」

「你就這麼想找人包養你？」

「當然！開玩笑，自己賺錢多累，當然是給人養的好啊！」

「是嗎？」學弟平靜的臉上浮現起燦爛卻飽含惡意的微笑。

「三萬塊一個月，我也不是付不起。」

一瞬間所有人倒吸一口氣。

學長石化。

「你要現在收現金嗎，學長？付月頭、還是月尾呢？」學弟優雅輕鬆的語氣加劇了學長臉色的變化，周圍的人則處在不知是該笑還是該驚嚇的狀態。

「既然我付錢包了你，要你做什麼都沒意見吧？」

「咳咳……學弟，其實呢……」學長一把抓過旁邊一位比較熟感情比較好的學姐，「你問她我平常的習慣，就知道……嗯……其實三萬塊是無法滿足我的。」

被抓住的學姐點頭如搗蒜，實驗室好久沒進一個學弟，沒想到今年一來就來了個這麼勁爆的……

「喔……三萬塊沒辦法滿足你沒關係，」語氣稍稍一頓「我可以滿足你不就好了嗎？」

說話的學弟笑容燦爛語氣真誠，短短一句話瞬殺全場。

石化的學長雙頰緋紅，一句話也說不出來，只能愣愣的看著學弟拍了拍他的肩膀。

「如果要訂金的話記得先告訴我，我才好領錢。」

「不、不……那個……學弟，這個錢我不要了，你的錢我不想賺了……我只是……」

「嗯？不想找人包養了？那不是你的願望，不是窮的沒飯吃？憑我的廚藝，餓不死你的。」

……是沒錯，學弟你的廚藝的確很好……

「呃……我還是覺得，這個計畫需要經過一個妥善的規劃與審慎的考量後再加以執行……會比較好。」

聽了學長的話，學弟微側了頭，定定的看著對方，失去了笑容的臉上看不出什麼表情。

「是嗎？」

「沒錯沒錯就是這樣，學弟你不要想太多……」

「學長你真是沒用。」

學長話還沒說完，學弟便冷冷的拋下一句，無視身後的眾人悠悠地把Paper翻過一頁。

第二章

樓上與樓下

過去二十八年來沒學會的東西似乎在學弟進實驗室的一個月後補足了。

學長終於知道了什麼叫害怕。

二十八年份。

想當初國中高中那些跟他要零用錢的傢伙，還用不著他向家裡報備，他們就在一個禮拜以內從附近的學區裡消失了，連同當時的某些老師。

那時候只覺得那些人很麻煩就爽快的給錢了事……根本還沒感覺到怕事情就結束了。

而現在，除了上台報告被老闆問實驗進度外，他根本連緊張都沒緊張過。

但是，自從多了個朝夕共處，言行超乎想像也無法想像的學弟後，一切都變了。

首先，他身為博班學長的尊嚴蕩然無存。

雖然，嚴格來說，學弟其實是個好學弟。

交代的工作都會做完、不會過分依賴學長姐、實驗的習慣也很好、看到學長姐在忙會自動幫忙，不會的也不會裝懂乖乖問……

說話又甜……之前口試完請吃飯的時候，他替人夾菜分菜的動作說有多自然就有多自然。

但他不狗腿，或許說，其實學弟是個說話委婉的毒舌派。讓人甜在心裡暖在身的話總是能出現的恰到好處分寸合宜，前提是他願意的話。

如果是平常聊天，他就會在讓人心情放鬆的話語裡摻入既驚愕又好笑的絕句，或者是挖苦別人，或者是挖苦現場的自己人，而這位學弟也總是很有本事的讓毒辣勁爆的內容剛好抵達每個人的容忍範圍。

所以，以往在實驗室總是逗弄欺負下面學妹的學長，在如今成為學姐與學弟聯合陣線的受害者……每一句都是恰到好處的玩笑話，他總不能沒風度吧？

但那個真的是玩笑嗎？

本來看學弟進來的時候呆呆愣愣，笑起來的時候斯文可愛，一百八十多公分看起來有在運動、四肢勻稱，會是個好使喚的壯丁。

結果他怎麼會是個狠角色啊～～～～

學長覺得那天關於包養費三萬塊的結果是個玩笑，他也希望它是個玩笑……但……他好想知道他到底是不是在開玩笑～～～～～

這已經變成他每看到學弟一次，就會想一次的問題。

可惜的是，如果你是一個有風度的成年人，那麼，面對一個你覺得是玩笑的東西就該笑一笑當他沒發生過；如果你覺得它不是，那麼就該找個機會好好談談，搞清楚這究竟是怎麼回事……

他兩個都做不到。

學長超～級想知道學弟到底是認真的還是開玩笑的。但是每次看到學弟臉上若有似無的笑容、淡然親和的眼神，以及帶著些狡獪頑皮的可愛神情，學長只覺得眼前這個披著人皮好像人畜無害的學弟讓他背脊發涼。

學長想問又不太想問。

假設他問了……如果是真的，那麼他就死定了，雖然他一點也不想變成同性戀。如果是假的，他也不覺得這種送上門的學弟會不玩一玩就放過他，保證會整到死的吧……

✤ ✤ ✤ ✤ ✤

進實驗室的時候，學弟就知道學長是個很厲害的人。

而實際上，學長的確是個很厲害的人，只要扯到實驗，學長大人的確是要供起來拜的那種，他目測的OD值[1]幾乎就跟機器的範圍一樣準，實驗的數據也是既準確又漂亮。

對學長而言，其他人看得死去活來的Paper也不過就是床前讀物那樣的東西，而學長也的確把Paper當成床前讀物在看。

1 OD值：optical density（光密度）的縮寫，表示被檢測物吸收掉的光密度，是檢測方法裡的專有名詞。

但是，把這些專業嚴肅的成分去掉，忽略不提，學長就不過是個三八的可愛、二百五的有趣、有錢無聊又愛裝形象的傢伙，像是有些小任性小心機的可愛死小孩。

剛進實驗室的時候跟大家不熟自然就乖，等花了一個月觀察實驗室的每個人，慢慢的能多說上一兩句、比較熟悉了，就會發現，實驗室最有趣的不是那個天真好騙的學姐，而是那個總愛包裝自己目的的學長。這讓他稍微有些煩惱，他本來打算在實驗室乖兩年的。而他本來就沒有打算讓人知道他的性向，傳開了很麻煩，私底下的默認又是另一回事。

學長有女朋友……曾經，兩個月前分手了，搞不好是表面上強顏歡笑內心珠淚暗彈。

……好有挑戰性呢……

那時候學長說到包養金額三萬塊，本來直覺只是想包下來當奴工使喚，有個達人學長做實驗多好，既然付了錢就不能白付，一定是要物超所值的操到死。

結果看到學長的反應跟表情，操到死的預定內容一瞬間就有了大幅變動……

「……我都不知道我原來是那麼容易動搖的人……」

不小心就玩了一下，而學長似乎被嚇的有點重，這兩三天總是不住的往這裡打量，究竟想求證什麼呢……

Timer響起了時間到的鬧鈴聲，打斷了學弟的思緒，學弟那雙被學姐稱讚說漂亮的大手，愉悅的拿起一旁的L號矽膠手套戴上，一邊回想著接下來的實驗步驟，以及假如學長來問了，他究竟該回答怎麼樣的內容……

因為這樣所以所以，實驗室目前唯二的兩位男士都在心中懷抱著各自的煩惱，而且很巧的，都剛好跟對方有關係。

學長想的是：「開玩笑的、那應該是開玩笑的吧？」

學弟想的是：「……開動好，還是不要比較好……？」

當然，表面上的實驗室就像充滿各種動物的祥和森林，開朗、陽光、正向，充滿歡笑而且專業……表面上。

✤ ✤ ✤ ✤ ✤

如此的，實驗室又歡樂祥和的過了兩個禮拜，終究還是沒問出口的學長，最後一廂情願的認定學弟是在開玩笑，而另一方面，學弟的好用親切讓學長認為一切都是自己想太多。

學長是電腦白痴，他也很清楚自己有幾兩重。所以，當某天他一直搞不定電腦，而絕望丟出的問題居然有人幫他解決的時候，真是有一種仰望光明的感動。

他瞎弄兩三個小時的東西，在學弟修長白皙的手指下十五分鐘就搞定了。

去哪找一個「專精」文書處理軟體、影像繪圖處理軟體、隨時備詢又不要錢的人啊……而且因為是自己的學弟，一句謝謝就搞定，反正還人情的機會多的是。

再加上許多嗜好都相同，收藏品的交換讓學長對學弟是越看越親切，也越來越覺得當初的戒心莫名奇妙。

甚至可以說，學長已經開始習慣召喚學弟的使用法。就像這樣……

『……親愛的學弟，你現在有空嗎？』

『什麼事，學長？』

『我想問你一個專業的問題。』……而這個大部分都是電腦硬體或是軟體相關的問題。

『……什麼問題？我看看……』

然後學弟就會跟著走到學長的座位，等學長坐下，把頭湊在學長旁邊，看學長示範電腦的問題，然後彎下腰伸出手接過滑鼠或是鍵盤，輕聲、緩慢、詳細的解說怎麼回事，該怎麼做，然後俐落的解決他的問題。

「……該還的總是要還的。」當學妹看到學弟現在跟他幾乎是處在平起平坐的狀態，語重心長的這麼告訴他。

那又如何？

對他而言，如果使用學弟的代價就是很沒尊嚴的被他挖苦，那算得了什麼，實驗等等的東西做得出來弄得漂亮老闆開心才是最重要的啊……

但是，對學弟而言，學長這麼快就失去戒心固然讓他驚訝，而且驚喜……但每次學長小有心機若有所圖，請求他人幫忙時所使用的慣用語「親愛的」的字句語氣，以及，每次每次的微妙可愛神情，都像是在把他的理智推到火坑裡。

兩個禮拜。

好處是，學弟現在很清楚自己的決心了。

……想必是美食吧……

披著人皮的魔王陛下現在在實驗室過著貓皮披一半的生活，心情愉悅。學姐寵溺他，而學長對他的戒心之低也逐漸走向了難以理解的深度，現在不管他偶爾不小心露出哪一種品級的笑容，學長都已經完全不會被嚇到了。

真是不枉費他辛苦忍耐，花上一個月的時間去創造一個人的習慣，身為食物怎麼可以隨隨便便的逃跑呢？

而且，運氣果然是站在他這邊的。

「……欸～!?學弟？」

「……學長？」

晚上要倒垃圾，兩個人都沒想到電梯門一開，看到的會是對方。

學弟站了進去，看著關上的電梯門讓十人承載的電梯變成狹小的密室，還有身邊毫無妨備的學長。

「學弟住六樓？」

「嗯，六之一，學長呢？」

「九之三，你跟班上的同學合租嗎？」

「不是，我一個人。」

聽到學弟的回答，學長露出招牌的促狹表情。

「哎呀，學弟，原來你也是個有錢人啊！」

「哪有，學長，我這是小康，房子是親戚的，我可不像你有閒錢一百萬。」

……看起來好可愛……

學弟臉上彷彿有些尷尬的謙和笑容以及近似於男低音的柔和嗓音，讓學長有了不同以往的感受，或許是夜晚的關係，或許是學弟的聲音本就非常適合夜晚。

誘惑、哄騙、優雅。讓人心情愉快或是心情放鬆。就像是班·偉伯斯特的薩克斯風那樣的聲音。

「……學弟有女朋友吧？」

「沒有，怎麼突然問這個？」

「沒有？怎麼會，你是沒去騙吧……我是覺得你的聲音非常適合拿來拐人，聽起來很舒服……假如我是女的，應該也會被騙吧？」

「喔？那學長現在就不會被騙到嗎？」

驚到「……我嗎？」

一樓到，電梯門打開，學弟從學長背後伸出手按住Open鍵，示意學長先出去。

一瞬間貼近撫過耳後的氣息，讓學長有種麻麻癢癢的感覺。

「……雖然不太一樣，但還是會被你騙到啊，學弟。你要人的功力真是太好了，幾乎分不出來哪句是真的哪句是假的。」

「學長，那是因為每一句都是真的啊！」

「哈啊!?」

「最完美的謊言，是真實的碎片。」
「那被騙的人是被騙假的？」
「一切都是個誤會，學長，目前我可是什麼都沒做喔。」
垃圾車逐漸開近，兩人哈哈大笑的把垃圾扔到車上。
「學弟，你還真不是普通的惡質。」
「學長，你明明就笑的很愉快，不過，多謝誇獎。」
「啊……果然惡質，這麼得意。」
學弟從容的笑了笑，然後想起了什麼，「欸，學長，下次晚上無聊的話，我去你家找你好不好？當然，我會帶吃的上去，學長想下來找我也可以。我還沒拜見過你家傳說中的音響，還有，你家那隻超凶惡的貓似乎也很有趣。」
「嗯？可以啊，歡迎，最近手上有些好酒呢，要上來的話記得帶下酒菜。」
「沒問題，學長要現做的都行。」

✤ ✤ ✤ ✤ ✤

那天之後的第一個禮拜五。
「學長，你這個周末沒事吧？」
「沒。」

「今晚呢？」

「其實我從今晚一直到禮拜一都沒事，怎麼啦學弟？」

「找學長喝酒啊！」

「哦，好啊，你上來還是我帶酒下去？」

「嗯……還是我上去好了，學長想吃什麼？」

「哼嗯～還可以點菜哪，服務這麼好!?」

「那當然，徹夜喝酒狂歡可是很需要體力的，吃好一點算什麼。」

然後學弟看到學長一瞬間有些哀怨。

「……學長，怎麼了？」

「……兩個大男人喝酒到天亮感覺好淒涼……」

「學長不要的話就算了，我也正好開學前回家一趟。」學弟說的乾脆，轉頭就要放棄。

「呿，讓我感慨一下是會怎樣，學長我老了你知道嗎？更何況這間實驗室的人都不會喝酒，我好不容易才等到一個會喝酒的學弟，說什麼都是一定要喝給他死，順便讓你嚐嚐我的特調！」顯然寂寞已久，學長說到激動處，背景彷彿看得到燃燒的火燄。

「知道了知道了，那我八點的時候上去？」

「好，」看到學弟背起包包要落跑的樣子，學長有些疑惑，轉頭看了下時間「……那麼早就要撤退？」

「學長，我總要準備準備吧，下禮拜實驗室Meeting還是我報告呀。」

「不用怕啦，不過你就快走吧，晚上見。」

「晚上見。」

✤ ✤ ✤ ✤ ✤

微微的睜開眼，又閉上……剛才……似乎被餵了什麼東西……

感覺到自己身下躺的不是客廳的沙發而是床，學長一瞬間了解到是學弟把自己搬回房間，想必外面的東西……學弟也大致整理的差不多了吧……

水滴滴在臉上的涼意以及溼毛巾清爽的感覺，讓學長不由得漸漸的清醒、睜開眼。

「學長，你醒了？」

「……嗯……」

學弟好聽低迴的聲音裡，有著貓兒般的笑意……似乎剛剛洗過澡，光裸著毫無贅肉的上半身，頭髮溼得滴水，在皮膚上留下淡淡的水痕。

「外面的東西還讓你收，真不好意思……話說回來，你酒量真是驚人的好啊，學弟，我們今晚喝的是Vodka欸……你看起來卻還好……」

「這是天生的，我也很無奈，想喝醉的話搞不好只能喝酒精了。」

哈哈大笑，「你乾脆喝實驗室的分生實驗級酒精好了，保證純，而且又貴……」

學弟拿著溼毛巾輕輕幫他擦拭，臉頰、脖子……指尖輕柔的力道或輕或重，而水氣離開後的涼意則讓皮膚對碰觸變得敏感，但是很舒服，雖然如此被人服務有些不習慣……

彷彿，聽到學弟輕柔的笑聲迴盪在昏暗的房間裡。

「舒服嗎？」

「啊？嗯，抱歉、學弟，我自己來就好，實在太舒服的讓我忘了，不該這麼麻煩你……嗯……」

「……呵……那這樣呢？」

學弟溫溫涼涼的手指自胸前滑動、游移，熨以掌心的熱度碰觸、撫摸著學長的皮膚，對現在格外敏感的觸覺感官帶來異樣的刺激，而指尖……

「啊、嗯、學、學弟！你是在摸哪、唔嗯……」

毫無意義的問句被學弟輕鬆的吞到肚子裡，熱烈的吻極盡糾纏。被壓住的學長連反抗的空隙都沒有，感受著帶有窒息感的官能刺激，漸漸弱化了他的思考與抵抗。

更何況學弟的手根本就沒停過的一直摸一直摸、越摸越下面，非常有技巧的碰觸挑逗著學長的神經知覺，卻又充滿惡意的讓悅樂感稍縱即逝。

……可惡……技巧怎麼這麼好……明明就……

唇分，學弟輕輕的舔舐自學長嘴角溢出的唾液，復又眷戀的啃咬著唇瓣，享受著由劇烈逐漸轉為和緩的喘息，以及身下的軀體對於他技巧的誠實反應。

「真可愛，學長，你現在的反應是告訴我你還想要嗎？」

學弟輕咬著耳垂的輕聲低語，輕柔的氣息讓學長感到一陣顫慄，酥麻的感覺瞬間流竄全身，惡劣話語所帶來的羞恥感隨著頸項間的輾吻，全數轉化為快感的一部分。難以掩飾的混亂喘息，在忍耐間輕輕的流洩更讓人心癢難耐。

「哈、嗯……別、別開玩笑了！我對男人、嗚嗯……不要再摸了！把手拿開！一點興趣也沒有！」

「都硬起來了還在說這種話。」

「啊、啊……幹、幹幹幹！哪個男人被這樣摸會站不起來！自……自慰的時候還、啊唔……還不是、嗯……」

套弄著學長下半身的手隨著對方的抗議改變頻率與輕重，讓如此中斷的抗議除了增添情色外一點魄力也沒有。

「是什麼？學長以為我為什麼不在你喝醉的時候上你，還特意等到你醒？」

輕咬、啃舐……學長覺得自己的意志力真是值得誇獎，幾乎所有的意識都敏銳如針的感受著那輕吐氣息齒舌以及手漸漸加快的動作，但是思考的能力卻仍微弱的殘留著。

本能的知道這是學弟惡意計算之後的結果。

「……啊、嗯、為……嗯、為什麼……」

「……因為這樣就沒有逃避或是遺忘的藉口了呀，學長……」

話語隱沒，突然停下動作的手讓幾乎淪陷在慾望刺激裡的學長茫然無措，然而下一瞬間就明白到是怎麼回事。

「痛、痛痛痛，你、嗚嗯……」

學弟一手就著學長方才溢出的體液潤滑著貞操尚存的後庭，一手扣死學長的頭，用深吻吞吃掉沒情調的噪音以及多餘的注意力，消除抵抗……修長的手指緩緩的推進、深入，隨著體壁的收縮輕輕彎曲，按壓，退出，反覆……

鈍痛的感覺漸漸消去，學長重獲自由的口帶著水漾的光澤凌亂的喘息，異物進出抽插的動作帶來未曾有過也無法理解的感覺，卻異常鮮明的挑動了身體裡所有的慾望，內壁也不自覺的開始收縮、回應著。

……手指也漸漸的增加為兩指，三指……

在學長意識最為薄弱的瞬間學弟趁隙進入，深深挺進的動作還是讓痛得飆淚的學長瞬間清醒，破口大罵。

「啊嗚……！靠！很痛！為什麼是我讓你爽下半身、啊嗯……」看學弟沒有接下來的動作本想掙扎退出，沒想到一動之後竄過背脊的感覺讓他連動都動不了。

然後他聽到了學弟似乎有些咬牙切齒的聲音。

「……為什麼？你以為我把你養的好好的是為了什麼？肥羊就是養肥了之後才動手的吧，嗯？學長這麼有氣魄就現在自己退出去啊，剛才聯想都沒想過，現在才記得要跑不嫌太晚？」

「你剛剛餵我喝了什麼!?不然我怎麼會、嗯啊……唔嗯……」

接合處的感覺逐漸轉為銳利，學弟輕輕的動作都能轉化為讓人失神的快感。

「解酒藥，我可沒興趣上一個宿醉頭痛的酒鬼……而且學長禮拜二一大早就要開始採樣吧？」

堅守意志最後防線的學長瞬間呆滯僵硬了一下，然後就在學弟挺進、退出、反覆抽插的律動中徹底失神，只是帶著水色的朦朧眼神還是殘留著不甘心，讓學弟在喘息間溢出了淺淺的笑聲。

「別這樣嘛……我可是體貼的排好時間讓你休息個一天半呢……不然我幹嘛辛苦的等今天呢……」

朦朧間已經聽不清楚學弟在說什麼了，但至少明白了，原本以為可愛好用的學弟，是有害、而且異常可惡的傢伙，而未來卻還有兩年……不幸的話還會更久……

第三章

週六、週日、週一

醒來之後，學長很快就明白了學弟所謂休息個一天半是怎麼回事。

腦袋很清醒，但是身體可能已經死了吧……鈍重的感覺，現在就想移動似乎很勉強，於是學長也毫不勉強的躺回床上。

那個不知該不該算強暴還是強姦他的混帳學弟不在，但房間裡的東西已經被收拾得乾乾淨淨，身體沒有黏膩的感覺，連床單都換過了……完全都……

……學長發現自己因為昏睡而毫無察覺，不由有種血液灌上大腦的感覺。昨晚，或者說，今早發生的事他還清楚的記得，在知覺上卻有如同超現實畫作那樣的感受……到後來他只是單純的接受著所有的刺激，說記得，他的身體也許記的比他更清楚。

不知道學弟還在不在，但現在的室內很安靜，學長的心情很複雜。

他是男的，一個男人跟另一個男人幹這檔事，直覺反應是很噁心。

然而，真的去想，卻混亂的不知道答案，學弟實際上可以說幾乎沒有用強，伺候得好好的倒是真的……

靠！在想什麼!?腦子爽壞了嗎？

意外發現自己毫無原則的一面，煩躁的甩去腦中思緒時，傳來輕緩沉穩的腳步聲。

連忙裝睡。

輕輕緩緩的開門聲，簧片輕輕的彈動，然後，又聽到門輕輕的關上。杯盤輕輕的碰撞，紙張與衣料的聲音，還有隱隱約約、淡淡的食物香氣。

東西似乎放下了，發出輕微的喀噠聲，改變的光線似乎是因為打開了床邊的閱讀燈，不自覺的強迫自己穩定心神緊閉雙眼……沒有聲音、沒有動作，但是感覺得到氣息，學長知道學弟現在正看著自己，心裡暗暗希望這傢伙快點走，省得看到那張臉想揍又沒力氣揍。

沉默間，涼涼的觸覺自額際傳來，遊走，輕柔的撫摸著臉頰，溫柔的觸碰著自己的臉，感受到手指摩娑劃過嘴唇。

指尖的動作與觸覺喚醒了身體的記憶。

不知道自己究竟有沒有臉紅，或許裝睡也裝的很假，學長無法確定學弟究竟有沒有發現的閉著眼。

指尖輕輕的離開，學弟好像在笑，淺淺的笑聲似乎散落在房間裡。

感覺到旁邊的位置往下沉，有些緊張，學長一邊注意學弟，一邊努力叫自己放鬆身體，睡著的人就該有睡著的樣子。

然後，一陣安靜，紙張翻頁聲。又一陣安靜。

……紙張翻頁聲……

……受不了了。

嘆氣，張開眼。

「嗯？醒了嗎？」

帶著笑意的聲音若無其事的溫柔詢問，彷彿從來沒發現他裝睡這件事。

明明就發現了!!這個心機鬼！你最好忍到內傷啦!!

學弟收起看到一半的Paper，拿起放在旁邊的水杯。

「先起來喝點水。」

「動不了。」其實是不想動，彷彿沿著脊椎一路酸痛到腳底，多躺了這麼一下也不過就能多動那麼一點。

「想要我餵你嗎，學長？雖然很樂意，但我不保證會不會發生什麼。」

威脅？恐嚇？實話？

「……。」

於是學長捲著被子慢吞吞的從床上坐起來，沒好氣的伸出手，從笑得很刺眼的學弟手上接過水杯，一口一口的喝。

一喝就是兩大杯，而學弟也很自動的看到空杯就倒水，直到學長說不想喝了才停手。

「水我喝了，你也可以回去了吧學弟!?」

看到學弟接走杯子從容自若，決心開口趕人。

卻看到手又遞了過來。

「食物，還有學長喜歡的超甜奶茶。」

朱黑二色的剔金木漆托盤，前年去日本買的；瑩白如玉的手工繪製杯盤餐具，老爸的朋友去年送的，全球限量一千套；摻有少量白金的銀製餐具組，今年寒假去丹麥的時候敗的。

搭配學弟精湛的手藝，從視覺到嗅覺都令人心曠神怡，可學長看著看著心裡就升起了一把無名火。

「學弟!!這裡是我家不是你家！不要亂翻我家的東西！喂！你有沒有在聽啊!?」一把搶走學弟悠悠哉哉斟至半滿的奶茶，在乾杯之後差點發出讚嘆。結果又更生氣的把杯子和學弟往床邊推。

「真是，差點灑出來……學長，味道如何？」

「啊？很好喝……不、不是！你到底有沒有在聽！」

學弟面帶微笑春風和煦，眼睛直直的看著似乎很生氣的學長。

「沒有，我不想聽的一律聽不見。」

錯愕。

被人敷衍裝傻是習慣是常識是慣例甚至可以說是禮節文化，但如此露骨的明白回答反倒有無從下手的感覺。

……你好歹也敷衍我一下……

學長一手揉著額角無力中，卻感受到悶悶的笑聲靠近自己。

還沒反應到是發生什麼，輕柔的淺吻已變成輾轉眷戀的深吻，慢慢地，慢慢地，誘勸著自己的回應，然後，在意識幾乎消失前，學弟結束了這個吻，在離去前意猶未盡的舔舐著自己的唇瓣。臉退開至視線清晰可見的距離，依舊近的能感覺到吐息撫過臉上。

「……真的不吃點東西？」

再次確認的柔和聲音裡多了些憂心請求的意味，學長告訴自己那是錯覺。但他的確是餓，喝了水又喝了奶茶後開始有空腹想吃東西的食慾了。

「……這裡是寢室，不是吃東西的地方。」沉默之後終究還是向食慾妥協，肚子餓了就是要吃飯，沒必要跟自己過不去。

「啊，原來如此，忘記學長有潔癖。所以，幫你拿衣服？」

沉默，想了一下，長考約一分三十秒。

「……我還是自己來好了。」死也不要你幫忙！天曉得等一下你是不是又要說「需不需要我幫你穿」！

學長在心裡吶喊，表面上沉著堅定，於是學弟面帶微笑很乾脆的收起東西。

「知道了，那我在外面等你。」

走的時候也很規矩的帶上門。

學長從床上爬起來，覺得身體狀況似乎好了不少，但是當腳踩到地上的時候，內心話是幹聲連連。

一步頓一步痛。

咬牙切齒齜牙裂嘴，學長好不容易換完衣服，抬頭瞄了下一直不太敢確認的時間。

PM 6:37

……剛好吃晚餐……？會想到這種事的我一定是瘋了……學長一出房門，就看到學弟笑得很窩心很可愛的在門口等著，然後又一語不發的看著學長蹣跚的走了三四步。

「需要幫忙嗎？」

「幫忙!?」狠狠的回頭死瞪著罪魁禍首「親愛的學弟，你究竟能幫什麼忙？我現在最需要的就是把這該死的痠痛拿掉!!」

「……什麼？」

「乖，別生氣，生氣對身體不好。學長，方案一之外還有方案二呀。」

打橫抱起。受到驚嚇的學長連叫都叫不出來。

「唉，雖然沒辦法替不良於行的你借到輪椅，不過，我抱你過去就好了，餐桌很近。」

「別、別開玩笑了!!放我下來！」眼睛往下看的高度有些驚悚，顧不得風度的學長死抓著學弟的領口，狠聲要求著。

「沒關係，我又不介意。」

「我介意！我有輕到讓你隨便抱的程度嗎!!」

「你重的很，學長，份量十足。哪，到了。」

學弟輕輕的把學長放在椅子上，然後學長看到了對飢餓的人來說最美的風景。

超乎想像的豐盛。

然後學弟輕鬆的拿著剛泡好的紅茶在學長旁邊坐下，自己喝著純紅茶，給學長的是超甜調味的奶茶。

「……你不吃？」

「我吃飽了，學長，這些是為你準備的份。」

……可是被人觀賞般的看著吃飯很奇怪呀，學弟……

「那個、奶茶的味道是……」實在沒辦法毫無所覺的一直吃，學長只好說話分散注意力。

「白蘭地。」

「呃？」

「把糖用白蘭地先煮過，再加入牛奶繼續溫煮，就是那個味道了。」

「原來如此，學弟，你不喝嗎？」

然後學長看見學弟咬著茶杯，皺著眉頭，有些厭惡的撇過頭。

「不要，太甜了，喝起來好噁心。要不是學長喜歡，我想都不會想加這麼多的糖。」

喔……討厭甜食啊，這麼說來，在實驗室的時候的確聽過學弟說他討厭甜食……

「哪，學弟，喝一點嘛，好歹也是你自己泡的，完全不碰很奇怪。」

「我在嚐味道的時候喝過了。」發現學長的企圖，含著紅茶的學弟抄出Paper假認真。

「喝一口。」把自己的杯子推到學弟前面，伸手抽走學弟的Paper，直盯盯的用眼神要求強迫學弟喝一口。

大眼瞪小眼，最後，學弟像喝毒藥似的喝了一口快速嚥下，又立刻抓起旁邊的紅茶灌了一口。

「再喝一口。」不滿意學弟嫌棄的態度，學長決定再灌一口。

「……學長，」學弟厭惡的將奶茶拿到學長碰不到的地方，臉上漾起了「拜託你被我騙吧！」的溫柔奸笑。

「你再不好好吃飯，我就想吃你了呢！」

敗，形勢比人強……

總的來說，禮拜六的夜晚是愉快的。學弟什麼都沒做，而學長也終於如願的把學弟送出家門，在自家大門上落足了鎖，滿腦子都想著明天終於可以過個平平靜靜的週末，心情輕鬆的倒回床上繼續睡。

然而，禮拜天，學長醒的很驚嚇。

昨天看到的臉今天又看到了，很近很近，當他被吻得昏天黑地、察覺這是現實而不是夢境時，最讓他驚嚇清醒的是這傢伙究竟是怎麼出現的⁉

「午安哪，王子殿下，看樣子您似乎是醒了。」語帶戲謔的臉近在咫呎，看起來心情大好。

「誰、誰是王子殿下！你是怎麼進來的！」學長慌張的從床上坐起來氣急敗壞，完全沒有發覺現在的處境究竟有多曖昧。

「用你的鑰匙啊，學長，像我這種善良好公民怎麼會做闖空門的勾當？」

善良⁉本年度最冷最難笑的大概就是這個。

「別開玩笑了！不管你原來想做什麼，現在、立刻、給我、出去!!」

「不吃飯嗎？」

吃飯？……午安？中午了？他都是用這種方法叫人起床吃飯的嗎!?

「你有病啊！學弟。特地跑來就為了叫我起床吃飯!?東西放著我會自己吃，你可以走了。」

「不要，我不放心。」

「什、」

學弟的表情很認真，讓學長一瞬間說不出原本想反駁的話。

學弟伸手撫摸著學長的臉，拇指輕輕的摩娑著，輕輕靠近的臉讓學弟沉穩誘惑的平靜眼神，對上學長防備且略微憤怒的眼神，學弟就這麼看著對方逐漸冷卻下來。

「……睡過頭反而不好，吃點東西、喝點水再睡？或者說，去外面走走？感覺應該好很多了吧，而今天天氣又很好。」

「……你到底在搞什麼鬼，學弟，我怎麼完全不懂你究竟想怎樣？」

放開手，學弟嘻嘻的笑了。

「哎呀，學長，仔細平靜的慢慢想，就會發現我其實是個笨蛋，很好懂的。」

「少來！你現在是怎樣，灌食？拚命叫我吃？你好懂個屁，你問問全實驗室的人看看，看誰搞得懂你哪句是實話哪句是謊話哪句是在開玩笑!?你現在這是洩慾後的補償嗎!?」

……暴、暴走了……

學長劈哩啪啦的說了一大堆，學弟還真的有點被嚇到了，幾時看過形象優良的學長說話口不擇言的直截了當。

「……嗯……苦惱啊，學長是真的不明白？一絲一毫都想不出來？完全沒有感受到？」

學弟溫柔詢問的聲音裡，有著學長既熟悉又陌生的東西，讓人無法言語。

看著眼前的沉默，學弟柔柔的抬手梳理起學長的頭髮。

「……先出去吃點東西，好嗎？我在外面等你，嗯？」

「……你先出去。」

「好。」

學弟前腳走出去關上門，學長後腳就開始揍枕頭。

啊～～我幹嘛妥協啊～～!!他裝認真裝可憐干你鳥事，你動搖個屁啊!!要你想你就想，管他去死、你什麼時候這麼好騙了啦～～～!!你以前欺負人的功力咧!?

瘋狂的揍完枕頭之後有點喘，學長想起之前在實驗室發起沒多久就夭折的「健康新生活運動」，暗暗的感慨著自己很廢很廢的體力。

甩開枕頭，下床、盥洗、換衣服……身體的確是好很多，基本行動能力的確也恢復了，如果不是那個莫名奇妙的學弟堵在外面，他現在應該會用愉快的心情去海釣吧!?大大的嘆氣走出房門，往餐桌的方向飄去，卻看到學弟抱著他家的黑貓坐在客廳裡，食物擺在茶几上，大開的落地窗吹進帶著陽光的輕柔微風。

碗筷有兩副。

「出來啦，學長。」

不發一語的坐下，桌上的食物就像外面餐廳四百塊左右的套餐，喝的是加了少許蜂蜜的檸檬水，花了一番心思調配的食物讓人吃起來很舒服卻份量十足。

兩人很快就默默的掃完桌上所有的食物。

「……學弟。」

「什麼事，學長？」

學弟收拾好桌上的東西，將懷裡的黑貓抱給學長，準備將東西拿去洗。

「你是gay嗎？」

然後學長看到學弟的背影稍微停下，回頭，輕輕的笑了。

「答案對你而言毫無意義，學長，你希望聽到的究竟是怎樣的答案呢？」

「……不知道，潛意識裡覺得沒什麼大不了，又覺得有點噁心。」

「……你還真老實啊，學長，都不知道該說你的反應是一般，還是非一般。」

「真不好意思，老人家怪癖比較多，我就是那種怪學長。」

「沒關係，我喜歡你，學長。你這樣很可愛。」

「喔，是喔，真是委屈你……!?」很反射性的順口接上去，才驚覺到似乎聽到了什麼驚人的發言。

聽著洗碗的水聲，學長抱著貓走到流理檯旁去追問。

「欸，學弟，你剛剛是不是說了什麼驚人的發言？」

「有嗎？我不是一次回答了你兩個問題？」

抱著貓的學長微微瞇起了眼睛，表情險惡，眼看著學弟俐落的洗好最後一個碗。

「……你那是什麼意思？」

「我只是很擔心你跑了呀，學長，所以用了不少迂迴的方法。」

「跑了？不懂。」死皺著眉頭，學長一臉看著外星人的表情，臉上滿滿的都是我不懂。

「啊啊，這樣也沒關係，反正還有時間讓你懂的，話說回來，既然吃飽了，學長有想去哪玩嗎？」

去哪玩？學長看著似乎變安分的學弟，計畫起半天的遊玩路線。

✤ ✤ ✤ ✤ ✤

禮拜一，下午兩點。

吃過午飯的學長，老樣子的輕輕鬆鬆晃進實驗室。然後看到學弟一派輕鬆的打著CS[2]。

「Paper都看完了？」學長差點想咬掉自己的舌頭，問學弟妹進度的習慣簡直就像是職業病，他幹嘛這麼關心這個死小子啊～～～！

[2] CS：Counter Strike，中文名為絕對武力，是相當受歡迎的第一人稱射擊類遊戲。

「嗯。」學弟頭也不回的應了，撿起步槍準確的爆頭，槍聲四起。

「投影片也做好了？」

「投影片？要做投影片？」反射性的按下ESC鍵，驚訝的回頭。

「哼哼，沒做？你死定了學弟，老師超級喜歡投影片的。你上次實驗不是也失敗了嗎？那個實驗數據太差不能用是吧？」

難得看到學弟如坐針氈的慌亂模樣，自週末以來，學長有了好久不見的好心情，感受到身為實驗室學長的樂趣。

「學弟，四點Meeting喔，加油吧，記得要用英文，老師說英文才專業。」

「學姐～～幫忙一下～～～」

「誰敢幫他以後就不要來問我問題!!」

第四章 MEETING

基本上呢，這世上長久存在的東西必然擁有各自的原則，或者是規律。

八卦也是一樣。

而所謂的八卦，大抵上都符合以下的原則。

首先，

這是一個祕密。

第二，

我只告訴你一個人喔！

第三，

你（千萬）不可以跟別人講喔……

所以……

「欸、欸，學弟，你偷偷告訴我，你到底對學長做了什麼啊……學長怎麼會這～麼生氣，你知道學長很記仇的欸！」

聽到學姐的聲音，學弟原本顯得有些焦躁的、瘋狂KEY鍵盤的動作，瞬間停了下來。回首的笑容偷偷摸摸，就像隻偷腥的貓。

「學姐想知道？」

「對啦對啦，快快快，小小聲的告訴我。」

「什麼什麼，要說什麼，我也要聽我也要聽!!」

於是學弟很配合的刻意壓地了音量。

「事情是這樣的啦，禮拜五晚上的時候啊……」

「親愛的學弟!!學長我忙完了，把你的PPT拿過來給我看！快點！」

「啊～什麼啦，學弟先說完啦!!到底發生什麼事我們都好想知道啦～～！」

看到實驗室一竿子八卦的女人窮追不捨，學長的肝火瘋狂上升。

「聊天？都要Meeting了妳們還有膽八卦!?真是太佩服妳們了！學妹！妳，就是妳，妳的QPCR[3]數據整理好了嗎？明天採樣要用的Eppendorf[4]都準備好了嗎？沒KEY也沒印出來？妳放心，我一定會跟老師提起這件事。還有妳，就是妳！不要給我躲！妳以為躲起來老師就會忘記你實驗失敗了嗎!?老師最～～討厭學生實驗不小心，前人的Sample很～～珍貴的你知道嗎!?哼哼，藥品

---

3 qPCR：定量即時聚合酶連鎖反應。

4 Eppendorf：微型離心管，又稱為EP管。

還買錯，老師一定會問妳為什麼不先拿樣品回來用，切片和電泳咧？還有妳們，妳們這三個不是一組的嗎？沒關係，剛好共進退，要死一起死，上次採樣的Sample妳們還放在負八十度冰箱裡，嗯？再玩嘛，連cDNA[5]都沒有，Sample越積越多我看妳們什麼時候畢業！妳也是一樣，不要以為沒有妳的事，上上禮拜你負責動物房的，結果咧？那一籠螢光小鼠死光了哦？老師已經問過了，妳就自己想辦法了吧，不要以為……」

……就某些方面來說，非常血腥。

學弟看著學長站在人群外，用著其實不算激動、相當有風度但飽含殺氣的聲音和內容，一句一句輕柔穩重的凌遲著在太歲頭上動土的一竿子學姐們。

「學弟，你再發呆啊！現在三點十分，你再不拿過來我看你四點報告什麼！妳們！還發呆！不想被老師電就快點去準備，吵死人了。」

瞬間散會，這次，連學弟也乖乖的跟去學長的座位，安安分份的做完PPT。

✤ ✤ ✤ ✤ ✤

但是，Meeting再血腥，也是有結束的那時候。

老師剛走出門，學弟立刻在全實驗室的人的面前，大大的抱住學長。

5 cDNA：complementary DNA，中文為互補DNA。

「學～長～!!我真～～是太愛你了!!你這大恩大德我實在無以為報啊!!沒有你我怎麼辦呢？看樣子我只能以身相許了啊！」

學長打死想不到學弟會來這一招，這種耍三八的行徑，雖然是頑皮的學弟有可能做的事，卻實在不是他的形象做得出來的事啊!!

「放、放開！走開啦！不要抱我～～!!」個頭比人家矮又被抱個滿懷，現在學弟整顆頭窩在他的頸項間狂磨蹭，害他根本無法克制的紅透了臉。

「喔～學長臉紅了欸！喔呵～好紅、好紅喔，吶吶，你看你看！」

「哇啊～學長，這麼優又這麼乖的學弟要以身相許耶!!收下吧收下吧！他都說沒有你不行了呢！」

唯恐天下不亂的眾學姐們瘋狂起鬨，學長苦得胃都痛了。

究竟是誰以身相許啦!!妳們這些不知道真相的就不要瞎起鬨啦!!

正當學長努力思考解決方案時，耳邊響起只有自己才聽得到的內容。

「你放心，學長，明天還要採樣，我不會對你做什麼，不過……你不覺得這樣很好嗎？」

學弟經過壓抑的笑聲，在耳邊吹撫的氣息彷彿讓血液全都集中到了頭部。

「……什麼!?」

「現在我是『你的』人了喔……想來以後學姐們在實驗室不管看到什麼，都不會認真的感到驚訝了吧？」

……可惡……

週二採樣分工表（X / XX）

Paraformaldehyde[6]配製	A子
Eppendorf label	C子；學弟
解剖用具準備	B子；學弟
Cell Culture & organ culture	D子、E子、F子
其他	學長、G子

預定開始時間為早上九點，請大家務必八點半前到實驗室進行準備工作，遲到一分鐘罰50塊，有興趣提供午餐、晚餐及宵夜者敬請遲到。

PS 雖然已經跟妳們說過了，但還是給妳們一人一張，再出槌就別怪我沒救妳們。

PSS. 遲到罰錢是經過老師同意的，遲到的敢賴試試也無訪，反正助理會登記，老師拿著單子問的時候自己想辦法。

6 Paraformaldehyde：三聚甲醛。

To A子：

新買的五百克在3號4°C冰箱裡，不要問我配多少，我只能告訴你那批老鼠要全部殺完，要用又只能現配，你就豪邁的多配一點，記得順便把50cc離心管順便寫一寫，配的時候記得叫學弟在旁邊看。

To Cell Culture & organ culture三人組：

妳們上次訂的PBS還收在我那裡，到底還記不記得啊！總之我桌子旁邊的地上的那個箱子裡有一箱12瓶，不要又呆呆的跑去訂。0.22 μm的濾網用完了，新訂的應該在助理那裡，新到的胎牛血清記得分裝，不要一直凍結解凍，最近那個又漲價了，500cc一瓶快兩萬還是妳們跟我講的報價，不要太浪費！

To G子：

注射實驗組禮拜一下午做最後注射，分組表和晶片編號我已經給你了，時間調整一下東西準備好，meeting完就開始，記得提醒我。

To C子：

注射的時候你要來，這個實驗以後你要接，敢落跑我就讓你六年畢業！

By 已經準備好零錢箱的學長

第五章
深夜的實驗室

「把腿張開。」

「啊？」

禮拜二，晚上十一點十七分，工作遠超過勞動基準法的許可工時，幾乎永不加薪的研究生們在持續殺生的機械操作後，聽到了讓她們足以跨越疲勞、呆滯、僵直、酸痛的神祕發言。一切的一切在瞬間重回現實，轉動視線的同時讓承載頭顱重量的頸椎喀喀作響。

……終於崩潰了嗎……？

實驗室的厲鬼們如此想著的將視線集中在如此對話的兩人身上。

學長的手重重地抖了一下，險些劃傷重要的實驗樣本，狂冒冷汗份外艱辛地將快釘死在屍體上的視線，移動到恐怖詭異的發言者身上。

「啊什麼，快把腿張開，你是沒聽到嗎？」

「你……」

「你什麼你，叫你張開就張開！我現在很忙沒空陪你耍笨，快把腿張開!!」逐漸上揚的聲音，明顯表現了其中的煩躁不耐。

「……你幹嘛一直叫我把腿張開？就算我現在跟女朋友分手了、就算你現在壓力大也實在是……」

「啊～～!!學長～～～～!!」

學姐C的仰天吶喊還在延長，學弟已經忍不住爆笑出來，連忙把已經量完體長體重抽完血紀錄完的小鼠交給呆滯的學姐G子，深怕在狂笑抖動間掛了小鼠。

「不要叫!!學弟!!你笑屁啊！還有妳！到底要幹嘛啦學妹！我是藍星人，麻煩不要用藍星人以外的語言跟我溝通好嗎!?」

「什麼藍星人！你以為我就願意嗎!!是你的腳擋到垃圾桶跟液態氮桶了啦!!學長你這樣我怎麼把東西丟進去啦!!」

人數逐漸增多的笑聲持續中。

「妳要丟就好好的說！把腿張開把腿張開，一直叫別人把腿張開，拜託，妳是女的欸，老師還在隔壁辦公室，你是職業病發作時間到就要開始營業嗎!?」

「誰在營業！誰啊！誰！我只是想說你把腿張開我就可以直接丟，所以我就這樣說而已啊！你幹嘛那麼激動！哪裡很曖昧，明明就是你的反應比較有問題好不好!!」

「什什什什什麼！我有問題!?叫一個男人把腿張開還不曖昧到底要怎樣才曖昧啊!?學弟!!就剩你一個還在笑！要偽裝肩膀就不要抖動!!」

「嗯，是是，我不笑、我不笑……那個啊，學姐？」說停就停的學弟開始重新把活著的小鼠投入名為採樣的肢解生產線。

「幹嘛？學弟？」一把搶過液態氮桶的學姐C，口氣不善的一邊回應著學弟，一邊確認桶裡的液態氮。

「妳要稍稍原諒一下學長，他剛剛是被嚇到了，我想應該不是故意的。」嘴角含笑，低著頭的學弟攤平小鼠已被麻醉的柔軟身體，邊說邊記錄下看到的長度。

「被嚇到？」學姐C充滿了問號的目光瞟了眼學長「是嗎？為什麼？」

「嗯……這個嘛……」斜鼓著頭，面帶微笑的學弟似乎認真的想了一下：「我也不知道，去問學長吧？他剛剛確實是被嚇到了。」

「哼嗯……學長，你剛剛被嚇到了？為什麼？那句話很可怕很詭異？」

「我哪有被嚇到，不要聽學弟亂講，我只是突然驚醒所以聲音比較大，就這樣啦，哈哈……」

「喔喔，有問題～～」學姐B用著尾音上揚的八卦腔調如此說道：「學長，你慢慢講不要緊，我們可以邊聽邊採樣，剛好消除疲勞維持清醒！」

「學妹，妳好樣的拿我醒腦，就跟妳說沒這回事!!」

「說嘛說嘛，又不是什麼大不了的事，讓我們聽一下啦!!」

什麼叫做沒什麼大不了!?最好這種事能隨便說隨便聽啦！學弟那傢伙講這種話到底是在想什麼啦！他就非得把我弄得很苦惱、一而再再而三的瓦解我在實驗室的威嚴嗎!?

「囉唆！現在是八卦的時候嗎!?再十五分鐘就十二點了!!今天就要結束了而我們還剩下兩組！還有兩組！妳們是打算弄到什麼時候！我現在很累，腰很酸背很痛，只想趕快結束回去休息!!」

「哎呀，學長。你也太沒用了吧!?這樣就腰酸背痛，你不是號稱是能幹的好男人嗎!?這樣你以後要怎麼去滿足你未來的老婆呀!!」

因為學姐F子的話，實驗室霎時響起了一陣噗嗤聲，強力壓抑的悶笑，在深夜的實驗室裡聽來格外明顯。

「什、什麼跟什麼！我決定了！明天的固定液就交給你跟學弟去換！」忿忿的握緊手中的剪刀鑷子，學長採樣的速度出神入化。

「……干我什麼事，學長，我明天早上有課欸！」

「囉唆!!不干你的事!?笑話！總之學姐陪同，你們兩個就從今晚現在的這一批開始換！反正你不會活該要去學，我管你早上幾點有課！」

跨越了一天的界線，學長今日一勝，腦袋裡想的卻是把這可惡的傢伙困在實驗室，自己就可以安安心心的睡上一覺了……

第六章

另一個夜晚

高敏捷、反應快，並且貪生怕死才是保身立命闔家平安之道。

這些學長當然知道，尤其他自己本身又是一個那麼會記仇的人。

從上次那件事發生之後，其實學長終究還是非常不爽的。真要說為什麼不爽卻又說不出來，總覺得每個答案都差一點。

簡而言之就是不爽。

既然不爽，健康的人就會找尋適當的發洩管道，而這個發洩管道，因為對手是學弟，要想不被反咬真是非常困難的一件事。

但總是會有機會的，而這個機會也來的很快，禮拜一Meeting的時候，老師親手將機會交給了他。

「欸，今年這個學弟不錯吧？好好帶啊！你是博班的學長，可要把學弟教的跟你一樣優秀，多幫他排點回家功課，多選些Paper叫他念，實驗什麼的也要拚命做！喂，學弟，聽清楚了嗎？要把握時間，多跟這個優秀的學長討教討教，他叫你做什麼你就做什麼，Paper自己也要學著找，剛才的問題禮拜五要交答案給我……」

他叫你做什麼你就做什麼。

於是學長想起了他是實驗室功力高深地位崇高的博士班學長，是能夠撐起實驗室諸多計畫的優秀棟梁，就算影響力僅限實驗室，實驗室也是有屬於實驗室的方法手段。

雖然，禮拜一後來被鬧了之後晚上做夢睡的不太好，禮拜二早上又被學弟叫人起床的方式嚇得很清醒，但是禮拜二晚上的時候就不同了。

學弟，終究還是得服從於整個實驗室的架構，碩一是沒有資格對交派下去的工作討價還價的。尤其這只是個從最開始的十六小時後，每半個小時換一次的簡單工作……就是得扣除睡眠時間這點不討人喜歡，根本就沒人想做。

結果就是，第二天如願的看到了精神不濟的學弟。而學長也如願的一夜安眠，早上也終於恢復成以往的平靜。

由於學弟的課表都集中在星期三到星期五，這其中還包含當助教帶實驗的工作。既然現在已經開學了，學弟自然就得去帶實驗，實驗課是禮拜三，也難怪學弟禮拜三斜躺在椅子上、半睜著眼的模樣看起來有些憔悴。還惹得實驗室一竿子的女人母性大發，又幫他按摩又幫他買午餐晚餐。

說實話，看到的時候真不是滋味。

閉著眼，渾身放鬆，洗臉而弄溼的瀏海隨意的垂在臉上，學弟那舒服享受含著微笑的模樣，簡直就像是個被人服侍的國王，讓他那些學姐，一個個幸福滿足的充滿了成就感。

搞什麼⁉

雖然未盡全功讓人不滿，但是反過來想，人要知足。至少他已經累垮了學弟，將這傢伙的體力時間都困死在實驗室，這樣他好歹睡覺的時候可以安安心心的睡，也可以安詳的起床，不用再擔心奇怪的人出現在他的床上。

而最近的日子確實也是這樣，再加上沒課的博士班生時間自由，除了公事公辦的時間外，學長可以說完美的在他覺得不必要的時間上完全避開學弟，又不會讓實驗室的人發覺其實他在躲學弟。

……沒辦法，自己的事自己清楚，學長很明白自己再有氣魄也沒辦法像學弟那樣，囂張得光明正大。學弟或許可以輕簡的說出：「沒關係，想做什麼都隨便你。」或是「放心，我決不反抗。」之類的話，即使被整也可以當成禮尚往來含笑收下，但這不是他做得到的事，這無關乎能力而是本質上的問題。所以學長也就很有自知之明的，選擇保有最佳的安全距離，並且努力的增加學弟的工作量，又不會讓老師學妹誤會他好像在虐待學弟。

✤ ✤ ✤ ✤ ✤

……嗯……人果然是有潛力的嗎……？

學弟左手靠在桌子上、支著頭，右手翻著學長堆過來的Paper，還差幾頁，腿上擱著兩份老師說要去找、抓下來也不知有多大用處的Paper，整個人慵懶的斜靠在椅子裡，消化資料的速度卻是一點不減。

做之前就要先計畫，懊悔不要超過三秒鐘，這些都是學弟的習慣。反過來說，現在的情況既不是最壞也不算最好，就是這樣而已。

就只是這樣而已。學長也真是的，怎麼就選了最普通的方法呢……太小看我的體力能力了，要不是為了累積進度庫存……

輕輕的笑了。

今天原本該去學長家騷擾一下的……難得的周末呢……看樣子學長今天明天都不會進實驗室。可惜儀器搶得太晚，只能排到禮拜六禮拜天……也罷，實驗做出來數據壓著，老師什麼時候問都有進度。

手中的Paper翻過不需要看的最後一頁，拿出活頁紙謄起注記重點，按掉嗶嗶作響的Timer。

「學弟，你還真忙。」個性相對穩重的學姐G，一邊教著快開學才來報到的實驗室女性新生做著實驗，一邊感慨的說道。

「還好啦，學姐，我這是習慣不好。」暫時放棄寫完最後一段，學弟一邊朝儀器走去一邊戴起手套，略顯閒散的俐落動作裡有著難以模仿言述的優雅感，讓原本應該認真受教的女性同學不自覺的轉移了注意力。

「什麼習慣不好呀，學弟？像是讓女同學都盯著你瞧？」預定今天拼完一百二十管RT[7]的學姐B和學姐C，趁著等待的時間調侃最近時間滿檔的學弟。

---

[7] RT：radiographic test，中文為放射照相檢驗。

「哦？是這樣嗎？我也不知道哪，反過來說，我的壞習慣還挺多的。」

「嗯~？像是哪些？」慣於八卦的學姐B老樣子的開始打破沙鍋問到底。

「哪些呀……」加好藥品，設定好儀器和Timer，學弟又一邊脫著手套，一邊面帶微笑的走回座位，靜靜的開始完成未完的進度。

「喂！學弟！怎麼說著說著就沒聲音了，好歹舉例一下啦!!」

繕寫完畢，用夾子把筆記跟Paper收在一起，拿起預定要看的Paper的學弟，在聽到學姐的問題後，輕鬆的利用椅子轉了半圈，很有禮貌的帶著微笑看著學姐，回答起也許很認真的問題。

「舉例的話，我是壞人喔。」

「這算什麼例子!?我們在說的是壞習慣欸，學弟。」

「我可是個壞人呀，學姐。怎麼可能會回答妳的問題!?」

低頭看起新的Paper，學姐的抗議有聽沒有進。學弟有些走神的回想起最近的兩個禮拜，從上次之後已經過了兩個禮拜了呢……

腦袋裡閃過學長因為計畫順利而鬆懈的表情，學弟難以自抑的，因為那分天真而輕聲悶笑著。

一個人如果可以為了一個計畫等上兩個月，那麼，區區兩個禮拜又算得了什麼呢？

✤ ✤ ✤ ✤ ✤

禮拜三，學長發現自己從上禮拜五開始就沒看到學弟，而且只有他一個人沒看到。

全實驗室的人都有看到，是除了他以外的每個人。包含今天也是一樣，學妹說學弟剛剛回來拿個東西，把要跑的放進PCR[8]機器裡就走了，就這麼一段說長不長說短不短的時間，偏偏就是只有他沒看到，而他明明就在實驗室裡。

……實在是讓人困惑。畢竟學弟連週一的Meeting都請假，還是他自己跟老師請假，而老師居然也難得的一點脾氣也沒有。

怎麼回事？

開學至今邁向第三個禮拜，學校裡關於學弟的風聲也快速的傳開，尤其是大學部的部分。學弟帶的是必修實驗課，整個學院的大一新生他幾乎都見過，也因為這樣，學院裡幾乎所有大一新生中的女學生都被他煞到，完全不把自己的同學、學長、甚至是男友放在眼裡。於是抗議聲就層層上繳的來到了研究所，偏偏這小子在研究所的同學間風評也不錯，調侃他的人多於把這事當真的，至於再上去的學長，基於面子也不可能發作，只好私底下找他抱怨，而學姐的部分……看戲的一半，想倒追的一半。

學弟似乎依然故我的全部當作沒看見，反倒是他出於被迫的全部都知道。誰叫本實驗室是系上男女比最懸殊的一間，而僅存的男性，水準又高到足以成為廣泛八卦的主角。

學長想起他那年系上大學部的學弟妹，圍著他問著到底多有錢、有沒有女朋友這類的話題，而他根本搞不懂為什麼連大學部都會知道。

---

[8] PCR：Polymerase Chain Reaction的簡寫，中文為聚合脢連鎖反應。

今年，對象換成了學弟，只是多了個變成受害者的他，反過來說，學長發現只要扯到學弟，他似乎總是受害者。

……搞不懂……明明就是自己實驗室的學弟，卻變成只能聽到八卦看不到人。

學長看著學弟桌上高高堆起的Paper、筆記、以及最近才出現卻已經裝滿的資料夾，有些搞不清楚這小子的進度究竟到了哪裡。盲目的一直堆著也不是辦法，如果學弟打定主意變更處理事情的優先順序，他其實是一點辦法也沒有。所以他才會那麼努力的跟老師溝通，想辦法塑造一個學弟非得這樣做的情況。

但是突然間，人不見了……人還在，卻看不見。

所有的消息來源都告訴你他忙的不得了，包含實驗室每個坐在你旁邊的學妹。但對於學長來說，沒辦法親眼確認的，心裡總是沒個底。

今天禮拜三，電顯實驗室是排禮拜五上機，而學弟從今天開始完全滿堂還要帶實驗……

應該不要緊吧？

雖然學弟這個週末似乎沒有排任何實驗，但只要別碰到他就好了。以學弟的情況，週末一定會用來補眠，預定中的計畫其實還是很順利的。

次日，禮拜四，學長半是滿意半是鬆口氣的，看著學弟桌上似乎略微消化的大批資料，計畫果然沒什麼意外。

禮拜五，他回實驗室的時候，只剩下兩個學妹跟老師在，學弟的包包早就不見了，照習慣，看樣子應該是已經回去了。

想了想，學長抽了張鈔票塞進口袋裡，帶走一些一定會用到的東西，抓起鑰匙，留下背包，腳底生風的趕往電顯實驗室。

晚上10:30

當學長回到實驗室的時候，除了疲勞，就是覺得頭痛，電顯實驗室的爛空調弄得他全身不舒服。

……好想睡……

想著這樣騎摩托車回去很危險的學長，勉強維持精神設定了手機鬧鐘，趴在桌子上打算小睡之後再回去。

✤ ✤ ✤ ✤ ✤

……總覺得……睡了好久……

睡得半夢半醒的學長，在朦朧間想起一直沒有發出聲音的手機，開始緩緩的想著是一下子就睡死了才提早醒來，還是睡過頭了完全沒聽見……

閉著眼睛，睡得暖洋洋實在很舒服，果然人只要累了就算是硬梆梆的桌子也……暖暖的？硬梆梆？

「醒了嗎？」

低沉、柔和的嗓音，就像是滲入到身體裡，一時沒反應到聲音的主人究竟是誰，學長睜開眼，看到的是外套的料子以及他的座位……！

驚嚇，轉頭，學弟本來就很近的臉，輕輕在他額上印了一吻。

「睡得好嗎？」

學弟此時的笑容，既不奸詐也不狡獪，也不像平常或燦爛或柔和到深具蠱惑性的微笑，卻讓看的學長雙頰暈紅，呆了一下。

溫柔寵溺的笑容，從注視著他的眼神裡滿滿的溢出，讓人呼吸一窒的同時，卻又有著讓人心神放鬆的感覺。

懷裡的人那一瞬間的失神，讓學弟不由得漾開了笑容。低頭吻上那閉著的唇瓣，輕輕的吮吻著，感受到對方輕微的顫慄和震動……一手制止那回神後想要退開的動作，攬進懷裡，一手撫著臉側和頸項，纏綿的吻輕柔且極具誘惑，卻毫無掠奪之意的停在某個界線，柔和滲入身體與意識的每個角落。

灼熱的溫度在氣息與碰觸間傳遞著，思考變的遲鈍感覺卻異常的敏銳，學長難以相信自己竟然三番兩次的，被一個同性挑起了慾望……僅僅只是個……

「……為什麼躲我？嗯？」

喘息著，呢喃詢問的氣息撫過唇瓣，一下、一下的啄吻讓被詢問的人沒能好好回答，令學長有些生氣，問個問題就不能好好問嗎……

「……因為不想再發生跟上次以及現在一樣的事。」

「很討厭？厭惡？還是噁心？」

停下帶著些逗弄的吻，學弟微微的拉開了點距離空間，只是手仍舊不願意放開。
「……都不是……不對，為什麼你現在會在這裡⁉為什麼我會睡在你身上⁉」
「為了等你呀，學長。而且如果讓你趴著睡，到時會手腳發麻，抱著你睡會好很多吧？」
學弟將椅子並在一起，排出可以當床或是躺椅的大小，肢體可以伸展又有肉墊，對學長來說當然是比趴著睡要舒服很多……
「什、什麼，是、是你想抱我才對吧⁉消失了一個禮拜然後大半夜搞埋伏，你是神經病加變態啊，就跟你說我不想當同性戀，適合短裙細肩帶的美女才是我的志向‼」
學長紅著臉說了一大段，卻只見學弟輕輕的笑了。
「如果只是不想當同性戀，那麼當雙性戀就好了，如果只是不喜歡我，那麼我喜歡你就好了，然後我會誘惑你……」
低頭又偷了一個吻。
「……直到你中毒成癮般的喜歡我。」
「……搞不懂……學弟，我真的不懂，為什麼是我？你要找也應該找同類，幹嘛非得死纏著我……」
「很煩嗎？」
「煩死了！每天都提心吊膽的想著你會不會做什麼！在的時候想著你不知又在計畫什麼，搞不懂你的微笑跟眼神到底是什麼意思，不在的時候也想著你不知道最近在搞什麼，想要用東西困住你又怕太過份，讓你有空又覺得對不起我自己！很煩⁉煩死了！一直都在想著，都不知道是擔心你還是擔心我自己！你這樣究竟是想幹嘛！你還要不要畢業⁉」

「不是噁心討厭，也不是害怕？更何況，這跟畢業有什麼關係。」

一下子被問到重點讓學長的臉又紅了……的確，他擔心碰到學弟，不知道該用什麼樣的態度方法對待他，想要報復卻不知道要報復什麼，擔心給學弟這麼多東西會不會太過頭，會不會累壞了或是暴走……擔心學弟想對自己做的事情，不喜歡被如此對待卻又在被碰觸的時候感到渾身顫慄。

不喜歡，不討厭，但也不是害怕。

「囉唆！放開我，我要回去了！」

學長想要扳開學弟環抱的雙手，但學弟卻收攏雙手，將頭埋在學長的頸窩間。

「坐我的車回去吧，外面下雨了。」學弟枕著頭輕聲說道，讓學長有種癢癢的感覺，聲音悶悶的，但還是聽得很清楚。

「下雨了？你有開車？不，謝了，我不要，我自己騎車回去就好了。」

「那我不放開，你這樣回去太容易感冒。」

「放開!!」

「我為什麼要聽你的？」

……唔……好任性……

「好、好啦好啦！給你載就給你載！煩死了，現在快點放開我！」

「好好好……真是，抱一下又不會怎樣。」嘟噥著放開懷中的人，學弟開始迅速的把椅子歸位。

「更！吵死了！你走不走⁉」

「都好了，走吧，車停在側門那裡。」

雨比想像中的大，像是倒水那樣，有著嚇死人的氣勢。

兩人很快便回到了所居住的住宅區。畢竟路上都空了，開車本來也就比較快。學弟將車子停在住戶專用的地下停車場，兩人又開始坐著電梯往上爬。

一路上一直都沒說話，在電梯這種連分散注意力都沒有的小空間裡，沉默就變得很討厭，想了想，學長終究還是發出了聲音。

「那個，謝謝……我沒想到雨這麼大。」

「沒關係的，學長，你可以再理所當然一點，畢竟算起來還是我強迫你。」

「……同樣是一句話，為什麼從你口中說出來就是怎麼聽怎麼怪……你就不能正常點嗎？」

「正常點，也許就追不到你了，學長，九樓到了。」

決定忽視而沉默著，正要走出去，學長卻驚覺到某個奇怪的事。「你不是住六樓⁉為什麼剛才六樓沒有停⁉」

「我沒按。」學弟面帶微笑的跟著學長走出電梯，「讓我送你回去不好嗎？雖然住的很近。」

「不好！誰要你送，你根本就是居心不良‼」

「沒錯。」

一瞬間，還以為自己又聽錯了，學長忿忿掏出鑰匙開門的動作頓了一下，正想回頭，帶著笑聲的氣息從背後完全貼上來，學弟伸手接過學長手中的鑰匙。

「不開門嗎？」笑笑的在學長耳邊呢喃詢問，齒舌也毫不老實的輕輕啃噬著耳廓、耳垂，慢慢的、延伸至頸項，享受著對方漸漸開始升高的體溫。

「馬的！放開！……唔……同樣的話你要我說幾次！就跟你說我不喜歡！」

金屬簧片發出清脆的彈碰聲，學弟輕輕抽出鑰匙放在學長的外套口袋裡。

「我也說過，我要誘惑你，而我現在正在努力。」

「努力個頭啦！」完全可以想像自己現在紅透臉的樣子。對學長而言，目前最重要的就是甩開這個說要『努力誘惑』的神經病，然後閃進門裡鎖門。

學弟一手輕輕從下擺探入，緩緩的撫過腰側，一手旋動門把。

「……如果堅定的拒絕我，我會停下來……可惜學長好像不是這樣。」

「你……你這樣誰有辦法跟你好好說話、嗚……」探入的手漸趨放肆，不利的姿勢讓學長的抵抗毫無效果。

開門，學弟將學長壓在門的另一面，低頭深吻。順勢被關上的門帶走了室內僅存的光線，眼前霎時間一片漆黑，視覺以外的知覺卻訴說著正在進行的事實。

「……所謂的誘惑……」輕輕的略微分開，學弟的低語彷彿是貼附在嘴唇上一字一字說出的，「……就是讓八九成以下的不願意願意的方法……」沿著脖子細細啃咬的人似乎語帶嘆息。

學長靠著門的身體在凌亂喘息裡流失了力量，原本推拒的手轉為攀附，支撐著身體，不甘心和羞恥感讓學長恨恨的加重抓握的力道。

「……抓太緊了……」將學長的衣服拉高至胸口，輕輕舔舐過乳尖，學弟滿意的聽到手掌下輕顫的身軀傳來壓抑的呻吟。

「……我又不會跑掉，再享受一點不是很好嗎？」

「……唔、最、最好、呼嗯……我是願意的……」

「……等一下你就會願意了。」學弟輕輕的拉開一些距離，已經習慣黑暗的雙眼在微光裡也能看見，看清學弟的表情，讓學長大感不妙。

一瞬間視線急遽的改變，下一瞬間他就被扔在客廳的沙發上，還沒來得及破口大罵，學弟的臉又近在眼前。

學長不由自主的屏住呼吸。

「怎麼了？很緊張？」

面帶微笑，柔和的聲音，問句裡的誠意卻很稀薄。

簡直就是專家級的惡劣。

「囉唆！吵死了！」

上衣在剛剛就被扯掉了，雨夜的室溫，對略高的體溫來說，透著涼意，因此，學弟在皮膚上滑動、按壓的手對知覺來說就格外明顯，舒服的感覺緩緩鬆弛了神經，無視學長抗議的親吻也多了些服務性。

……該死……這些手法他到底是去哪練的……會不會太超過了一點，才這樣身體就軟了……

感覺到下半身被搓弄，竄動的快感讓學長皺起了眉頭，壓抑喉間幾乎逸出的呻吟，瞇著的眼輕輕張開，還沒來得及為看見的事驚訝，強烈來襲的刺激讓學長的忍耐化為泡影，發出連本人也無法辨認置信的豔媚音色。

「呼嗯……不、啊嗯……不要……這、這樣……唔嗯、好髒……很……噁……」

溼熱的感覺包覆著下身，起始時是舌頭的舔舐、吸吮，手指搓揉撫摸著圓球和大腿敏感的內側……學長覺得很髒，噁心，想要推拒，他看新聞的時候就覺得口交很變態了……可是感覺所帶給他的，是與思考完全相反的渴望。

下半身腫脹、挺立……薄泛著透明的水色，學弟在學長抗議後刻意的舔吻出潮溼的聲音，然後整個的含住，緩緩的，吞沒彷彿難以承受更多刺激的分身。

所有的知覺都被炙熱的快感吞沒、焚燒，緩慢的動作讓刺激變得清晰而漫長。想要的慾望讓學長不自覺的微弓著身、喘息，為一陣陣燒灼身體的快感與渴望發出淫靡的低吟，隨著學弟口舌的動作輕輕顫動。

……呼吸彷彿是為了燃燒本身而存在。

心臟輸送血液的跳動聲強力迴盪在聽覺的角落，達到高潮射出的瞬間之後，是學長意識到射在別人口中的羞恥感以及乏力的感覺……但學弟從腿間抬頭看向他的模樣，讓燥熱的慾望難以想像的再次充滿全身。

……妖豔……

自己的精液從學弟優雅微笑的嘴角滴落，緩緩的，舌頭舔舐過唇瓣嘴角，捕獲自己眼神的漆黑雙眸裡，有著危險的笑意……含著那飛揚的氣勢，瞇起眼，細細舔著手指的動作緩慢優雅，充滿了官能的刺激與挑逗的意味。學長明知道那笑容與動作裡，充滿惡意的引誘與挑逗……但被捕獲的目光怎麼都無法移開，不自覺的讓視線跟著學弟緩慢的動作，感受那妖豔淫靡的氣氛喚醒身體裡的記憶。

學弟有如自喉間深處逸出的微弱笑聲，輕易融入學長瘋狂失控的心跳。

被俘虜的視線，被捕獲的呼吸，糾纏吸吮自己唇舌的口傳來狂亂的氣息和味道，手指進入那裡潤滑的感覺比上次更加鮮明的難以忍受。

……對他而言……我果然是如預期般的被誘惑了嗎……

學長腦袋裡消極的想著，困惑……大口呼吸也無法擺脫排泄器官收縮時那讓人沉淪的快感。

「……我要進去了。」

在耳邊響起的低沉聲音迴盪在身體裡，學長不自覺睜開的眼睛溼潤、沒有焦點……學弟抽離手指時的微微失落，進入自己時過份填滿的窒息感……為什麼全都該死的比上次還棒！難道我真的瘋了嗎？感染了名為瘋狂的疾病……

推送著令人陷溺的快感，沁著汗水的軀體不斷交纏碰撞……純粹慾望的夜晚，在晚秋遲來的陽光裡，漸漸隱沒了聲息。

第七章
期中考

身旁熟睡的臉孔是第一次看到，醒著的時候倒是看了很多次……一想到眼前這個張開眼就變可惡的傢伙，就有趁現在做掉他的衝動。

想起床，離開。無奈被人抱在懷裡，想不弄醒對方偷偷摸摸的跑掉實在很難……努力想著各式各樣脫身的方法，一邊緩緩的將自己抽離對方的懷抱，也不知道這傢伙什麼時候把自己抱回床上的……

環著自己的手自放鬆的狀態逐漸甦醒，眼前的人睜開眼，柔柔的給了自己一個笑容，也不管自己願不願意就埋首在頸間輕輕的磨蹭著，輕輕緩緩的吐息還有頭髮都帶來麻癢的感覺。

悶悶的，有些沙啞的聲音，在耳邊低語著，問了一個不知該讓人怎麼回答的問題……

……問了什麼……該怎麼回答呢……

「學長？學長？」

……女孩子的聲音。

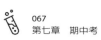

張開眼，眨了眨，靠著椅背和牆壁小憩的姿勢還算舒服，學長有些懶得動……側過頭，由下而上斜看著找他的學妹。

「什麼事？」

「呃……打擾學長午睡真不好意思……關於這個有些問題……」

單手接過學妹遞過來的東西，很快的全部看一遍，又在學妹有標註的地方多看了兩眼。

「哪有問題？」

「……很多問題。」學妹C子看著學長懶洋洋的樣子，不由得暗暗緊張的嚥了嚥……學長……似乎心情不太好？而且……

難得看到學長懶洋洋的樣子，不知怎麼的覺得好性感。

……畢竟學長終究是個帥哥嗎……？雖然跟學弟不同類型，再怎麼說，終究也是系上有排行的帥哥，跟女朋友分手後名次更是提前不少。

可惜太熟了。

「很多問題？」

學長平淡的讓人背脊發冷的語氣，把學妹C子的意識拉回現實，眼前明明就是氣質優良風度上佳的狀態模式不是嗎……

默默的，點點頭。

「親愛的學妹……」學長臉上出現了平常常見的，不懷好意的陽光笑容，抬手把東西遞回去。

「你也碩二了吧？」

……看樣子沒指望了……

C子心裡含著淚，又默默的點頭。

「慢慢加油，這麼簡單的東西自己看，不是笨蛋的話應該都沒問題才對，不要來找我。」

……嗚哇……

「學長，你這是起床氣哦？」

「……哪有，我這是為你好。」撇過頭，閉上眼，總不能說是夢到了什麼所以心情不好。

「哼嗯～～」

哼嗯⁉哼啥！實驗室的學妹什麼時候變得這麼八卦了⁉

不爽的張開眼。

「學妹，你很閒是吧？沒問題，我幫你，保證能讓你忙到挫起來。」面帶微笑，學長最近從某人的身上，很不情願的學會了各種微笑的使用法。

「不不不不不用了學長，我是擔心，對對對，擔心，既然你沒事就請務必好好休息，我就繼續努力去啦……哈哈哈……」

把人送走，想睡的慾望卻也跟著跑掉，即使發呆還是不想睡……捏捏眼角，拿起水杯，散散的朝走廊轉角飲水機走去，風涼涼的，開始有秋意轉深的味道。

要就是要，不要就是不要，為什麼我卻覺得很難回答？

……總是覺得很煩躁。

按掉連續出水，拿起滿杯的水一邊喝一邊走回實驗室……現在大學部應該開始考試了吧……最近應該可以安靜一陣子，既要被考又要考人，還要監考……反正沒我博班的事……怪怪的感覺。

想起之前實驗室少了一個聲音的三、四個禮拜，心裡有種不自然，空空的，不存在知覺裡，反倒清楚意識到缺少的部分。

……去拜託朋友介紹些美女給我認識吧……再這樣想下去我一定會越來越奇怪……

✤ ✤ ✤ ✤ ✤

太早來實驗室了……好痛苦……要不是實驗要趕，投期刊的稿子過了卻要修……

學長強迫自己從書桌上爬起來，下午的陽光自百葉窗的縫隙滲透在空氣裡，一手捂著臉架著頭，等待醒腦的過程過去。

……去洗把臉吧……

如此想著，要站起來才發現身上多了外套，雖然是自己的，卻是別人幫他蓋上的……然後，學長看到了黏在杯子上的便條，拿起來，心跳微微的亂了。

……早知道就不看。

水杯裡是滿杯的溫開水，冰箱裡有吃的和甜奶茶，想也知道為了他一個人，以上的全實驗室每一個都有份，即使原來要裝滿的杯子只有一個，東西也全是他喜歡的飲料食物。

……搞什麼……

扔下外套拿起水杯，學長一邊喝著水一邊走近儀器，時間應該差不多了才對。

「欸～學長，你醒啦！冰箱裡有吃的喔！現在剛好吃下午茶！」

「喔⁉有吃的？這麼好，今天誰請客啊？」

平常的樣子平常的語氣平常的反應平常的笑容……眼前學妹的笑容對話反應也很平常，出於善意，學長表現出自己習慣的，平常的樣子。可是內心的煩躁卻有增無減。

「呼呼～當然是我們賢慧的學弟囉！鹹的甜的都有，分得好好的一人一份，學長的超～特甜奶茶還是另外大杯裝的喔！通通在冰箱裡，我們可沒偷吃呦！」

「喔呵，還想偷吃？也行啊，我無所謂，你不怕變肥走不出實驗室大門的話就儘管吃吧！」

「討厭！哪那麼誇張！我有在節制啦！」

處理完儀器裡的東西，嘻嘻哈哈的說說笑笑，學長從冰箱裡拿出自己的那份食物回到位子上，看著保鮮盒卻一點食慾都沒有。

知道是他做的，所以連拿都不想拿，但是不拿就不像平常的自己，同樣的，不吃也不行，如果不想讓人發現似乎發生了什麼事，維持平常就很重要。

難得的開始痛恨自己平常高水平的表象，結果連發洩的管道也變狹窄了。

默默的嘆氣，學長認命的打開保鮮盒，一口一口的吃著，微微冰涼的溫度隨著吞嚥的動作，滲透、擴散，讓人能恢復精神，吃起來很舒服的美味食物。

就像那個做食物的人，任性自我的滲透進自己的生活，柔和細緻，在你發現的很久以前……你看到的只是結果而已。

學弟在等待，說得很明白的滲透蛻變為侵蝕，紊亂了自己的思考計畫以及心跳，彷彿連呼吸的都是他設下的心思。

但是，比起討厭那個混蛋，現在的學長更討厭自己。

別人的大腦要怎麼想是他家的事，自己不爽的話，大可揮起拳頭狠狠的把人揍一頓，打不夠的話還可以找人一塊打。

但他沒有……如果要動手的話學弟一定不躲也不閃，可是他沒有……那張千百種微笑的臉可惡到讓人想揍下去……卻終究還是打不下手。

……為什麼，拳頭直直揮下去，那麼簡單的事怎麼就……

煩躁，學長邊收著東西邊想著，學弟似乎把他二十八年份的煩躁以及未來的十年份都預支安排好了，他現在的肝火簡直旺得能煮蛋。

「學弟人咧？」把空餐盒放回學弟桌上，學長終究還是順口問了問。

「啊？喔，他帶的實驗課下午要考試，應該還在監考吧，要考筆試又要考跑台，不會那麼快結束啦！」

「實驗課考試？那麼早就考啦……」有些驚訝，看著實驗室布告板上，學弟的課表，學長記得……印象中學弟早上那堂五個老師合上的必修課，好像是今天晚上六點考……

「怕跟小大一的必修考試衝堂，所以提早了……哀哀，真可憐……」

學姐A子正在感慨，學弟便帶著鬼氣飄進實驗室，還很乖很乖的打了招呼。

「……我回來了……」

真是悲慘的十月底。

學弟一邊飄近自己的座位，一邊扔下「五點半叫我起來……」的虛弱留言，就趴倒在滿滿都是紙張的桌面上，發出微弱沉緩的呼吸。

「哇……倒下就睡，昨晚熬夜了吧？那堂課去年還是選修，誰修過？有這麼操嗎？」不自覺的，學姐A子小小聲的問著其他人。

「有……」學姐G子痛苦的說道：「很操、很硬、每個教授的份量都很多，成堆的補充資料一樣照考，但教授們都不會跟你講他會考，而是用暗示的……那根本不是地球人的課啊……超難。」

「所以，今年變成了凶狠的必修之後變本加厲了嗎？五個教授，一人考一次，聽說還要交報告……雖然現在研究所幾乎不當人……」

「現在超感動我們早一年入學啊……」學姐C子摸著自己的良心，畢竟她可沒學弟那麼認真。

「所以現在幾點？學弟要我們五點半叫他起床吧？」

「現在？嗚……倒楣的孩子，再十幾分鐘就五點，這樣睡比不睡還痛苦吧。」

「……現在怎麼辦？」

學姐們對看著，學長卻有些疑惑，什麼怎麼辦？

「我說，什麼怎麼辦？」

於是學姐們露出忌妒又憤恨的表情。

「我們要去吃飯，學長，你該不會忘了老師上的那門大三必修課，今晚六點也要考試吧？我們這些可憐的碩二生要去監考呀，現在不去吃點東西，絕對撐不到收考卷的時候。」

「啊，對喔……我不用……？等、等一下，慢著，妳們的意思是把學弟交給我？」

「嗯？學長有什麼問題嗎？你又不餓，東西不是才剛吃完？大不了我們幫你帶飲料回來，學長想喝什麼？」

有問題……我有很多問題……

「……給我可樂，謝謝。」

學長面帶微笑的，目送實驗室一竿子學妹遠去，內心裡卻對這種屈服於現實的現實感到悲涼，為什麼就不能好好當個普通的學長跟學弟，如果還是三四個月前的樣子，一定能愉快的好聚好散。

嘆了口氣，抓起學弟的Timer設定好時間，看著它一秒一秒的過去，然後又拉了張椅子坐在學弟旁邊，因為無聊，也不知道為什麼，卻不想繼續做實驗。

學長的下巴枕在椅背上，看著那個讓他進退兩難的罪魁禍首，有種「再皮的死小孩睡著了都一樣」的感覺，閉上眼的安靜模樣很普通，長長的睫毛下是熬夜後的憔悴痕跡。

消失了表情，看不見眼神的、睡著的學弟，就只是個普通好看的人，平常那些讓人抓狂的氣質神色一消失，看起來就差了好多，至少威脅感是大幅下降。

取而代之的，是另一種讓人放鬆的清雅味道。

「……嘖……連睡覺都搞風格……」

忿忿的撇過頭，還是很無聊，瘋狂忙碌四五天後的現在，開始出現極限症狀，懶懶的什麼都不想做，就算事情多得能堆到天花板，還是覺得無聊。

呼吸聲輕輕起伏，緩緩的自耳邊經過，蟲鳴聲稀疏的鳴響。

無聊到家的學長正想拿起學弟的筆記翻翻，照預定計畫響起的Timer卻很紮實的嚇到當初設定的人……

伸手慌慌張張的按掉。

小心小心偷偷摸摸的回頭看。

張開的眼睛，看向他，眼神還不太清醒，於是又眨了眨。

「……是你啊……」

定定的眼神漸漸轉為清亮，卻似乎沒有起來的打算，學弟維持著原來的姿勢，說了聽不出情緒的話語。

「什麼態度，起來！已經五點半了！」

「嗯。東西……好吃嗎？」

口頭上嗯了一聲，學弟卻根本動都不打算動，一雙眼睛只是輕輕的看著眼前的人。

「……你是笨蛋嗎!?明明就要考試，你熬夜看書就熬夜看書，弄些有的沒有的，無聊不會去睡覺嗎!?」

「嗯。」

「嗯什麼嗯！就說你、……」

學弟靜靜的聽著學長好像很生氣很煩躁的碎碎念，毫無表情，靜靜看著，讓學長不知不覺的就說不下去。

然後，換來的，是學弟臉上浮現的柔和笑容，輕輕的笑了。

「嗯，我是笨蛋，我知道。」

「什、什什什什麼？」

說話變得奇怪，學弟純粹的微笑沒有以往的諸多涵義，卻溫柔的讓人心情浮動。

「……我只是晚上想吃宵夜，一人份好難煮，想著想著就做了很多人的份，奶茶也是一樣，學長的那份只是裝的時候又多加了點糖……並不是刻意為學長你做的，所以，沒關係。」

什麼跟什麼的沒關係？這是哪一國的文法……!?

「你、你在說什麼！什麼有關係沒關係!?」

「學長……沒關係的，因為不是刻意為你做的，所以不用覺得不好意思，只是順便而已。」

學弟無限包容的語氣眼神，不因學長的反應而有所改變，笑容跟著聲音字句流進血液裡，變成讓人行為失調的猛毒。明明不要理會就好了，但學長就是想反駁，習以為常的從容總是在對話的時候消失無蹤。

「誰、誰管你順便不順便！快起來！你到底要不要去考試啊!!」

「要啊……可是，學長……」

「幹嘛!?」

「可以不要再躲著我嗎？」

學弟變得清幽的聲音，溫婉的慰留著訴說的對象，一瞬間甚至讓人有了好寂寞的錯覺。

「誰、誰誰在躲你了!?」

「沒有嗎？太好了……那麼，可以喜歡我嗎？」

「什、你你在說什麼！不可以！快給我起來去考試」

「這個意思是，其實是喜歡我的嗎？」

學弟染上笑意的溫柔聲音，在問答的陷阱間呢喃誘惑，彷若耳語。

「沒、沒有這回事！現在六點差十分，別趴著！要自暴自棄就去我看不到的地方！」

「走過去只要五分鐘，我又不作弊，幹嘛那麼早去。」

「不是這個問題！」

「那麼是什麼呢？喜歡？不喜歡？看到我就找不到答案的心情？」

還是在微笑的表情很認真。

「……你的問題是，你該準備去考試了！起來！」

「我很喜歡你呦，學長……我喜歡你……」

「閉嘴！起來！去考試！」

終於依言坐起的學弟並沒有讓學長因此心情變好，喜歡你的聲音還在耳邊盤旋。心情慌亂間，學弟微涼的手緩緩撫上臉頰，驚訝，然後則是唇上一觸即去的溫軟觸感。

「我喜歡你，所以好想知道答案，想誘惑你說出我想要的答案……想讓你喜歡我，希望你喜歡我……」

「閉嘴！」

學弟的聲音，一字一句的敲進心臟裡，讓簡短的命令句失去了魄力，學長不用想都知道自己一定臉紅了。

「……請告訴我答案好嗎？」

「馬的！聽不懂人話嗎⁉去考試！」

碰觸裡的眷戀溫柔，烙印在皮膚裡輕輕顫慄，無法直視對方的目光，不想被碰觸，卻無法撥開伸向自己的手。

「好。」

學長錯愕驚訝的看著學弟，沒想到會如此乾脆的收回手。

「你……」

「學長！我們回來了！……？欸？學弟？你還在啊？不是要去考試嗎？學長，你臉為什麼這麼紅？」提著食物飲料回來的學姐們，一邊迅速的放下東西拿起考卷，一邊不忘好奇的問著。

「學長剛剛喝水嗆到了，學姐，而我正準備要去考試。」

學弟面帶微笑的回答兩人份的問題，簡單拿起自己桌上的原子筆和立可帶，稍稍拍了拍學長的背。

……六點差五分。

「這樣啊，學長，不要緊吧？這是你的可樂，很多氣，可別又嗆到了。」

「不會啦！沒那麼誇張好嗎⁉親愛的學弟，你也該去考試了吧，時間差不多了！」

學長從容的露出恰到好處的苦笑，暗示那個龜了半天的考生該走了。

「啊！我們也是！鑰匙！教室的鑰匙在哪裡！」

少根筋的學姐們一陣混亂，明明應該也是時間來不及的人，學弟卻趁著混亂又湊向學長的耳邊。

「……不可以隨便跟女生約會喔！」

「你、你在說什麼！」

被說中某些心事的學長，還來不及辯駁，就看到學弟輕鬆的從學妹A的桌上找出鑰匙，留下了意味明顯卻又意味不明深長的微笑，迅速離開，跟著監考的學妹們消失在門外的走廊彼端。

第八章 報告與貓

如果不想考試，那就得交報告。

每個學生都知道。

而很多時候，學生都會發現，不考試寫報告的交易真是太不划算了，簡直可以說是虧本虧到家。

為什麼？因為當你點頭同意寫報告不考試，簽下賣身契的時候，老師通常還沒告訴你報告的格式。

沒錯，這是陷阱。

什麼樣的報告格式，決定了一個學生能在裡面灌多少水，那自然，也是有詳細規範到完全無法灌水的，學生噩夢級的報告格式。

✤ ✤ ✤ ✤ ✤

「親愛的學妹，」學長拿著一張列滿藥品的紙條在實驗室晃了許久，終於還是決定開口求助：

「這個藥品實驗室有嗎？在哪裡？」
「欸……？哪個？這個嗎？有，我記得……最近一次使用的人是學弟吧？所以要用的話要去問學弟，看他收在哪，我的實驗很久不用這個了，其他人應該也是一樣吧？」
學妹F認真思考後，如此回答著，還回頭順便向其他人做了確認，而學長也確實看到了，學妹們在聽到後三三兩兩點頭的動作。
「唔嗯……這樣啊……」
想到要跟學弟打交道就不由得開始猶豫……雖然那時候嘴硬不承認自己在躲……學長的直覺反應是認真思考替代藥品，或是當做用完了再買一瓶新的，而這一瞬間的遲疑，足夠讓親切熱心的學妹替他叫人問問題。
「學弟——！問你個問題——!!」
「哇——學妹！等、等一下！」
安靜。
……啊咧？
「……我叫的很小聲嗎？」學妹B疑惑的轉頭看向其他人，一向有叫有反應的學弟居然一點反應也沒有。
「不，很大聲了，我說，學妹……」
「幹嘛啦！想知道的話當然是用問的最快！」學妹B子在發現學弟是真的沒反應後，決定自己走過去叫，還順便拉著學長走過去。

「學弟！問你個問題！」

站在學弟身後大聲呼叫，手還用力的拍上一下。

啪！

學弟的背影相當明顯的震動了一下。

微微的倒吸一口氣。

「……什麼事？」

打鍵盤的手停了下來，看起來有些無力，人也軟軟的攤靠到桌子上。

看起來有點可憐的可愛背影發出微弱的回應聲，學弟原本就略低的聲音，現在聽來彷彿又少了幾口氣。

「……嚇到了？」學妹，或者說是學姐B子小心翼翼不敢置信的問道，拍人的手還尷尬的懸空著。

「……嗯……」學弟頭枕在桌上，發出細細的聲音。

學長忍不住輕輕的悶笑著，畢竟實在太難得。

「嗚哇——學、學弟！對不起！學、學姐實在是沒想到啦！可是，你是在做什麼？看你WORD開著弄了半天，這麼專心。」

「沒什麼……期中報告而已，下午五點前要交到林老師的實驗室……」學弟一邊回答一邊把自已從桌上撐起來，微微嘆了口氣，轉過椅子看向叫他的學姐B子以及學長。

「所以，學姐有什麼事？還是說，要找我的是學長？」

掃向自己的眼神比往常淡然，讓學長有種不太愉快的感覺。

「是學長啦，吶，這個藥品你最近有在用吧？學長要，所以想問你放在哪裡，還剩多少。」B子看學長反應遲緩，一把抄過紙條，遞到學弟眼前問道。

「嗯？這個的話，在一號那台-20℃冰箱裡，我已經分裝好了，有15cc離心管裝跟50cc離心管的，剩下應該還有200cc未分裝，全都在那裡。不過，也許得找一下……最近兩三個禮拜都沒用，也許被埋到很下面了。」

學弟一口氣說完，把紙條又遞回給學姐，而不是它最初的主人。

學長的眉頭幾不可查的皺了一下。

「這樣啊，謝啦！話說回來，你前天考完今天就交報告，可是你到底在打什麼呀……」

學姐B子八卦的老毛病無時無刻不發作，學弟說只是期中報告而已，誰會相信?!這可是能讓那個八方不動的學弟被嚇到的期中報告欸！

「就是期中報告啊……十二號字每頁四十二行每行三十八字、段落不空行、不含圖表不含References[9]，至少要寫八頁的期中報告，老師還說圖表一律加註附在最後，附註格式也有固定。」

一扯到報告的格式，學弟的臉上就浮現了略顯瘋狂的自虐微笑，而學姐則是在略微計算字數後被嚇的說不出話來。

---

9 References：參考文獻。

「嗚哇啊……真的假的……林老師以前很好的啊……」這個的總字數加起來，快等於實驗室最薄的一本畢業論文了……

「那一定是學姐那一屆做了太多壞事，結果就報復到我們身上了……」

學長原本還有些不爽，結果在看到學弟倒楣認命的疲倦模樣後，又開始想笑了。

「……我一點都不想問你寫到哪了，學弟，可是……既然如此的話要不要乾脆豁出去了，順便幫學長把東西也找一找？」B子幸災樂禍的邊感慨邊拍著學弟的肩膀，一邊提出了叫他服務到家的提議。

「……不要，學長又不想要我幫忙……我還是把報告打完最重要。」

學弟想也不想的回答著，轉身又繼續打起了難度驚人的報告。

「……你是跟學弟吵架了嗎？學長？」

一陣沉默之後，學妹C子問出自剛才起大家就想問的問題。

「沒有，不是這樣的……」

學長遠離一些距離的回頭看望著，學弟忙碌的身影隔絕了視線，學長終於了解到，自剛才就有的不愉快感是為什麼……因為學弟從頭到尾都不曾正眼看過自己……

這真的是前天那個滿嘴呢喃哄騙的學弟嗎？

學長一邊翻著冰箱找東西，一邊想著、擔心著，連自己都沒發現。

✤ ✤ ✤ ✤ ✤

下午五點差五分的時候，學弟如風般的抓著份量十足的報告奪門而出。

說實話，那時候整間實驗室的人都在心中為學弟喝采。

然後，過了大概三十分鐘，學弟相當平常的回到了實驗室，只是一回到自己的位置就像斷了線的木偶，立刻就趴了。

學姐D子跟E子的座位離學弟最近，看到的時候，還被學弟迅速趴下的動作給嚇到了。

「……學弟，你還好吧？還活著嗎？」

兩位學姐湊著頭探勘即將成為屍體的屍體，略為小聲的擔心詢問著。

「……讓我睡……不然真的會死……下禮拜……還有兩篇……老師的期中考卷……小考考卷……實驗課的期中考卷……下禮拜上課前……要改完……禮拜一……還有Meeting……七點半叫我……讓我睡……」

喃喃的低沉美聲訴說著血腥的事實，學弟說到最後，聽起來簡直就像是刻畫在惡夢裡的台詞，然後，漸漸的聽不見聲音，只剩下呼吸聲。

「嗚……我還以為今天這篇一交，學弟就解脫了……他到底修了幾學分啊？」

眾學姐們看向學弟的臉多些了憐憫，突然覺得今年的新生好命苦……

「我看看，二、三……十四個學分，還好他Seminar[10]已經講完了，必修前天考完，兩篇報

---

10 Seminar：專題討論。

告……話說回來，他不說我們都忘記了，考卷還沒改耶，應該還堆在助理那吧？」

學姐E子數算著學弟的課表，開始認真的想起還沒改的考卷。

……咪……

「乾脆現在就把考卷分一分好了，吃完飯再回來改，學弟的部分就先留著吧。」

……咪……咪……

「好啊，那就先這樣吧，學長也沒問題吧？」

……咪咪……

「我是沒問題，」學長側耳傾聽，頓了一下：「可是妳們沒聽見什麼嗎？」

每個人都互看了彼此。

「欸？學長也有聽見？我還以為是我聽錯了！」

「你也是嗎？我也聽到了欸……你聽，又有了，好像……是貓？在哪裡呀……」F子一邊聽著微弱而且斷斷續續的叫聲，一邊張望尋找著。

……咪……咪……咪……

「……在學弟身上？還是他打呼的時候會學貓叫？」遲疑的A子問著一干子跟他有著同樣發現判斷的實驗室同袍。

「……那是不可能的吧，學弟，醒醒，學弟！」學長看著眼前的學妹們浮想翩連，很無奈的伸手搖醒一點都不想叫醒的學弟。

「嗯……」

雖然，從很多方面來說，學長並不想叫醒學弟……可當真的看到，眼前叫不醒的學弟賴床的模樣，卻又覺得好可愛。

所以就更想搖醒他了。

「醒醒！學弟！為什麼會有貓叫！你帶了什麼回來⁉」

學長問完問題，這下學弟可是真的醒了，坐起，靠向椅背，整個頭往後仰，那微斂且恢復神智的雙眼，讓今天好不容易對上目光的學長心跳不已。

……搞、搞什麼！

學弟低頭揉了揉臉。

「啊……對，貓……我剛剛回來的路上撿了隻貓回來……」

「撿了一隻貓⁉在、在哪裡？我們怎麼都沒看見？」學姐C子有些驚愕，是一隻貓欸！怎麼跟著那麼大的一個人走進實驗室都沒人發現呢？

然後學弟就從運動T前面的大口袋拿出了一隻貓。

活的，當然……以體型來說，很小，就是常見的野貓品種，深邃的藍灰色眼睛很友善也很美麗。

……實驗室的眾人們在打量貓的同時，也被學弟這個「拿出來」的動作給嚇到了。

「真是不好意思，我都忘記你了呢，小傢伙……」

只見學弟一派從容的逗弄著貓下巴，輕聲溫柔的跟懷裡的小動物說抱歉。

修長的手指輕柔地撫過毛皮、搔弄著小貓的下頷臉頰，低沉的聲音輕輕哄著，而學弟懷裡的小貓也很配合的眯起眼，發出舒服的呼嚕聲。

學弟一臉寵溺有趣的微笑表情、低沉誘人的嗓音明知道是在哄貓……但在場的眾學姐們，還是忍不住的臉紅心跳。學長看在眼裡，心裡有些不愉快，感覺很微妙……只是想到學弟那一屆的學妹還好都不在實驗室，又微微鬆了一口氣。

……我幹嘛鬆一口氣!?

無視於學長心中微妙的掙扎，在場的女士們倒是問出了相當實際的問題。

「欸欸！學弟，你是在哪撿到牠的啊？怎麼會這麼小，好可愛，感覺個性很好的樣子耶！」

小貓看起來很幸福的窩在學弟懷裡，聽到問題，把貓哄睡著的學弟抬頭望向眼睛放光的學姐們。

「就是在走回來的路上，聽到貓叫聲……」

「然後？」

「一時興起走過去看，結果發現牠在叫……應該還是小貓吧，然後就蹲下來玩了一下，剛開始還有點戒心，但很快就不怕人了。」

「……所以你就把它帶回來啦？」

「呃……也不是這樣……我要走的時候，牠突然撲抓我的褲管腳跟……覺得牠說不定是在玩，結果真的是，牠會偷偷跟我一段距離，然後就撲上來扯住褲管，自己一個玩上一陣子又放開，結果看著看著我也陪著牠走走停停，走到最後，牠似乎是累了，不肯走，我也不想理牠，可是牠又停在原地一直叫一直叫……」

學弟臉上泛著難得一見的苦笑，懷中的小貓蜷著蜷著，又換了個好窩的姿勢位置。

「……然後你就撿回來了？」

學長的聲音有些冷，小小的無奈，為這前因後果下了總結。學姐們的臉上是原來如此，而學弟則是有些訝異的抬頭望著，主動用冷淡聲音跟他對話的學長。

「嗯。」

學弟臉上漾起了幾不可查的微笑，柔和的嗯了一聲，學妹們都沒發現，可學長知道自己絕對沒看錯。

「你是笨蛋嗎，學弟，自己都快趴了還撿一隻貓回來？這隻不是長得嬌小的貓，是真正的小貓！你有力氣玩貓幹嘛不留點力氣打報告回家睡覺？」

「啊啊……學長，別激動、別激動！」在場的學妹們沒想到學長突然開始罵人，只是轉念想了一想……

也對。

「我說，學弟呀，」G子較為沉穩平和的語氣聲音響起：「學長說得也沒錯，你最近都忙的沒時間睡覺了，哪有餘力照顧一隻貓，現在你說要怎麼辦？」

「這個……」

「不用想了。」

學弟側著頭還在想，學長已經伸手彎腰靠過來，撈起學弟懷裡的貓，端在自己懷裡，略微受到驚嚇的小貓，在學長熟練的安撫下，很快又安靜下來。

然後騰出手往學弟頭上捶了一下。

在場的人都呆了，學長敲人家頭的次數畢竟很少見。

「貓我先看著，你，現在、立刻、趴下去睡！九點給我起來改考卷！我們先分先改，看你可憐，儘量讓你改簡單的，怎麼樣？」

最後的問句是問在場的學姐，而大家也都很能理解的點了點頭。

抱著貓的學長則是回頭死瞪著，還沒倒下去、笑得溫柔燦爛的學弟看著他，聲音裡有著又一種無法分辨的笑意。

「好。」

學弟很順從的趴在桌子上睡，只是這次不會有人中途叫醒他了。

✤ ✤ ✤ ✤ ✤

學弟醒來的時候是九點半，放在他桌上的手機鬧鈴聲，讓他從睡眠裡甦醒，但那手機不是他的，而是學長的。

按掉手機，稍微呆了一下……放下手機，學弟坐起來後才發現學長就坐在旁邊，改著考卷，在他懷裡的小貓正好玩的用貓爪爪撲拍著學長的左手。

而實驗室的其他人都已經回去了。

「醒了？」

批改的紅筆未曾停歇，學長看也不看的問著。

「嗯。」學弟臉上的笑意加深，非常可愛的景象，尤其是學長有些彆扭倔強的側面，讓人好想貼上去，給他一個吻，可是現在不行。

「去洗把臉，清醒一下。」

話才說完，學長感覺學弟的氣息靠向自己，身體不自覺的僵硬緊張，但學弟只是輕輕把頭靠在他肩上，不發一語的枕著過了好一會兒……學長只低著頭改考卷，實在沒勇氣去看。

溫暖的重量靠著他，漸漸的也就不緊張，只是覺得這傢伙未免也賴太久了……

「……那我去洗把臉，很快就回來。」

重量離開肩膀，聲音卻留了下來，柔和裡又帶著輕淺的笑意，讓學長忍不住瞪著那個動不動就在笑的可惡背影。

「慢慢來也沒關係，最好等我改完再回來。」

努力擠出的聲音冷淡平穩，但學長知道這發洩的意義遠大於實質，那離開門口的身影從來不把它當一回事。嘆口氣……想想這也算天生相剋，學弟剛進實驗室的時候沒事不覺得，現在才知道拿他一點辦法也沒有。

腳步聲遠去，學長的心思又重新專注在考卷上。小貓開始把學長的前襟當成山在爬，不斷重複爬沒兩步又滑下來的劇情，踏得學長腿上的一疊考卷發出各式各樣的聲音。

考試的學生也許可憐，但考卷卻也沒幸福到哪去。

學長正打算救走可憐的考卷，一雙熟悉的手悄聲無息地滑入眼裡的景象，拿走了那疊考卷，學長順著動作抬起頭，看學弟把手上那的疊翻了翻，重新在他旁邊坐了下來，肩膀一部分靠著他。

「不要靠著我，很重。」

「答案卷是這個嗎，學長？還有，為什麼把時間多延半小時？」學弟側過身把答案卷遞給學長確認，雖然看不清表情，但似乎很不情願的點點頭。

「……沒有為什麼。改你的考卷，動作快！我後面桌上那一疊也是改好的，就差你的部分，還有，把你手上那疊還我，有些我還沒改。」

「嗯嗯……是這些吧？」把考卷反手遞出去，學弟抓起紅筆對答案，問了下一個問題：「晚餐那時候，為什麼生氣了？」

被靠著的人很明顯的震了一下。

「……我沒生氣，吃的東西在隔壁桌上，鮮奶在冰箱，你還沒吃晚餐吧？」

這次換靠人的人頓了一下，笑笑的嗯了一聲，長手長腳撈起鄰桌的食物，一步都未曾移動過。

於是學長的聲音裡多了些怒氣。

「鮮奶自己去拿！難不成還要我餵你嗎？」

「如果可以的話，謝謝。」

不知何時，學弟的聲音已貼向耳邊，溼熱溫柔的吐息帶來一陣輕顫，復又緩緩的在頸後輕吮，嘴唇與舌尖所傳來的溼軟刺激，挑戰著學長的耐力與揍人的衝動。

「……不過……我想我還是自己去拿會比較好。」

就在學長決定要揍下去的前一刻，學弟很乾脆很自然的停下，離開，說出好像有反省其實根本就沒有的句子。

……失速的心跳還沒恢復，升高的體溫也還沒降下來，想揍人的衝動也沒減少，可是那個拿了東西後開始邊吃邊改的傢伙，現在卻又很安分沉靜的改著考卷，俐落且迅速。

機會不再，學長有些後悔剛才沒打下去。

撈回手上的小貓，一時間除了紙張的聲音之外就是雨聲，然後學弟又問了個問題。

「學長？」

「幹嘛？」

「既然你說沒生氣，可是為什麼不高興？」

「……哪有。」

「學姐看到貓很高興的時候你皺了眉頭，說話的聲音也冷冷的。」

「你看錯了。」

「所以我沒聽錯囉？你真的在不高興。」

「……」

學長感受到肩膀的重量又多了一些，學弟把頭也枕上來。

「告訴我好嗎？」

「……你的頭好重，快把你那顆笨腦袋挪開。」

學長騰出左手推了推，但那顆腦袋完全沒有移動的跡象。

「先告訴我。」

學長沉默了一下，發出有些虛弱細微的聲音。

「……看你早上好像很反常，下午明明累得要死卻又撿了隻貓……我也不知道為什麼！認識你後每一件事每一個習慣標準都變得莫名奇妙！只要扯到你我就煩躁到會討厭我自己！我一定快得躁鬱症了！」

語尾的聲音漸漸激動，學弟只是靜靜的聽著，等學長講完。

「讓你擔心，真是不好意思……早上我是故意不看你的……」

「誰擔心你！」

「嗯，沒有，你沒有擔心，可是對不起……」

「誰要你對不起……」

「嗯，我知道學長是很疼我的，所以，不會再亂勉強。」

「……」

「小貓很擔心你，笑一個？」

還真的忍不住笑了。

然後又轉頭瞪著那個帶貓回來的人。

「說到貓，小貓怎麼辦!?你這種沒養過貓的才敢亂撿，這種大小的小貓正是最可愛最麻煩的時候！」

「……學長，就算要找人送，也得養上一陣子。」

「哼，你自己養！小貓晚上會討吃的亂叫吵死了！」

然後眼前的學弟又笑的一臉燦爛。

不妙！

「學長，下禮拜我還要交報告耶……」

「……那是你的事。」

想要撇開頭，卻被學弟的手固定住，自己的手則因為顧貓而失去了反抗的能力。

「我說，學長……」

「幹嘛!?手放開啦！」

「如果我給你一個吻，幫你改你那部分其他的考卷，你願意幫我照顧貓嗎？」

「不要！打死我都不願意！」

「打死你我還捨不得呢……答應我嘛，嗯？」

「不要！」

「嘖，學長還真貪心，那再追加一個吻好了……」

我到底幾時要求過了啦!!

第九章

聯誼

「哪位？」

「嘿嘿，是我，是我啦，聽說你最近心情不好，還在實驗室罵人是吧⁉」

「……你打錯了。」

「喂喂喂！等、等一下啦！不要掛不要掛！要不要去聯誼⁉我是打來問你要不要去聯誼的啦！」

「……哦？」

「喂！你那個冷淡的尾音是什麼態度⁉大家兄弟一場，你上次不是有意思要我介紹人給你認識嗎⁉現在辦聯誼找你，你是在不滿什麼啦！」

「你是從哪聽說我心情不好？」

「這位大哥，你是什麼時候聽說八卦找得到源頭的呀？」

「哼。」

「我說，你到底去不去？」

「長相身材怎麼樣？」

「有保證有保證，這次的都高水準喔！去啦去啦，反正就看看，不會吃虧的啦！」
「為什麼我覺得有問題呢……？」
「呿，你多心了啦！去不去？」
「去，反正你都已經把我拿來當幌子兼誘餌了，是你說的，兄弟一場嘛……」
「啊哈哈……別這樣，這不是你好我好大家好嗎，我也是有苦勞的啊……」
「什麼時候？」
「下禮拜六，晚點再告訴你地點。」
「知道了。對了，你上次的錢還沒還我吧？」
「唉呀呀，老闆來了，我先掛啦！掰！」
學長坐在實驗室的位子上看著電話，心中暗嘆損友果然就是在這種事情上最有用，只是一抬頭，就發現學弟站得不近不遠，一副才剛回來的樣子，但天曉得他到底在那站了多久，聽到了多少？
兩個人對看著，有些尷尬，雖然學長搞不懂自己到底在尷尬什麼。
然後學弟優閒輕鬆的笑了笑，相當安分的就回到自己的位子上，有些反常，卻還是讓學長暗暗的鬆了口氣。
但這令人安心的沉默安靜，很快就被人打破了。
「欸？學弟你回來啦，外找喔！」
C子嘹亮的聲音一如既往的傳入每個人的耳裡，而剛帶上耳機又拿下來的學弟則是有些疑惑。
「找我？」

「是呀，本來以為你不在，但想說還是看看好了，結果還真的在，看起來應該是大學部的小朋友，不知道是什麼事呢，呼呼……」

詭異曖昧的語尾笑聲讓實驗室裡的人們露出了有趣的笑容，獨獨有兩個人例外。

學弟和學長。

「學妹，為什麼你最近越笑越噁心，越笑越詭異？」受不了實驗室學妹的笑聲和笑容，學長假裝雲淡風輕的問著。

「哪有，學長多心了，我這是對學弟關心的表現，我這不是通風報信照顧他，說有多照顧就有多照顧吧!?對不對呀學弟？」

「是是是，學姐對我的關愛比山高比海深，學弟我確實有感受那到比蛋殼還堅定的意志。」

學弟優雅的拋下身後學姐的抗議以及學長的悶笑，站在門口忐忑不安的大學部學生則因為他的出現看起來更七上八下，像是小動物般的神色反應讓學弟愉快輕柔的笑開了臉。

果然還是可以豢養的玩具最有趣。

而學弟表面上陽光燦爛的笑容，讓受到安撫的玩具們露出輕鬆鬆懈的笑容。

「哦，是你們啊，什麼事？」

「欸……學長，你期中考都忙完了嗎？」

「嗯，怎麼，你們該不會上修我們老師課，想問成績好期中退選？」學弟興味的笑容親切和藹，而實驗室其他的人也豎起耳朵仔細偷聽著。

「不是啦學長，我們哪可能那麼認真，再問一下，學長最近有空嗎？」

哼嗯，果然有問題，眼前的小朋友們雙眼閃亮一臉期盼。

「有啊，怎麼，想找我約會？」

學弟語意輕佻的半開玩笑，但眼前卻是一張張寫滿「你怎麼知道！」的表情。

一時之間雙方都不由得的沉默了一下，然後先開口的學弟換上有些下流卻十足誘人的笑容語氣，一邊慢慢享用送上門的樂趣，一邊不鬆不緊的弄清楚究竟是怎麼回事。

「喔……還真的要找我約會，男的女的一起來我也無所謂，你們想問的是這個嗎？」

不是！絕對不是!!不要用你那種變態思考當標準!!

學長雖然看不到學弟此時的表情，但還是能很確實的看到，被玩弄的大學部學弟妹，一個個瞬間雙頰緋紅的樣子，內心著實為他們吶喊哀悼。

「那個，討厭，學長，不是這樣啦……」紅暈未退的女學生雖然明知眼前的助教是在開玩笑，但就是不由自主的臉紅心跳。

「哼嗯……那是怎麼樣呢？你說。」

學弟將視線移向剛才一直負責答話的男同學身上，如果沒記錯的話，他跟她好像是他們班的公關吧……

「就、就是……拜託！學長！請跟我們去聯誼！拜託！」

驚疑的反應迅速充滿實驗室，唯有學弟高深莫測的笑容不動如山。

「哦？什麼時候？」

「欸!?是、是下禮拜六！地點決定後會貼系辦公告，學長，可以嗎可以嗎!?」大學部的男女公關一臉興奮歡快，沒想到這麼順利，學長連理由都不問。

輕輕笑出了聲，學弟未曾回頭的背影看起來很愉快。

「可以啊，不過嘛……」

學弟俯身跟眼前的大學部小朋友低聲耳語，細細碎碎的笑聲自實驗室的門口流向室內。學長沒有發現自己不知從何時起，就一直看著那個不曾回頭的背影，暗暗的對著那個嘻嘻哈哈說好的答案咬牙切齒，沒由來的不甘心不愉快到極點。

✤ ✤ ✤ ✤ ✤

第二天是禮拜三，天氣晴，剛考完期中考什麼課都很輕鬆。

當中午學弟回到實驗室時，他看到一個貓籠大剌剌的躺在他桌上，內容物倒是非常的熟悉。放下課本，從貓籠裡撈出從剛才就顯得很興奮的小貓，學弟任由貓爪子胡亂撲抓的玩了一陣，才抱著貓去探望正帶著耳機看電影的學長。

「學長，你怎麼把小貓帶來啦？」

學弟把小貓放到學長懷裡，學長略受驚嚇呆滯的任由他拿下耳機。

「當初說好一個禮拜，你現在期中也過了，帶來還你。」學長一邊冷淡平常的說著，一邊忙碌的阻止小貓趴鍵盤、按暫停，還順手奪回淪為人質的耳機。

「哪有，不是說養到送人為止？而且，學長幹嘛不直接把貓拎到樓下給我，晚上我都在。」
學弟笑笑的看著學長奪回耳機，一邊又把小貓抱回懷裡繼續玩，畢竟也一個禮拜不見，愉快玩著的一人一貓，讓學長聽到的問題有種不認真不真切的感覺。
「……從來也沒答應你，要養你自己養。」
撇過頭戴上耳機，他才不相信眼前千言萬語用微笑的傢伙，會不知道後者的真實原因。
「嗚嗚……好冷淡，小貓，學長好冷淡喔，你說對不對？而且還特地把你帶那麼遠，都不帶你下來找我，壞心眼又小氣，說不定是要偷偷把你丟掉耶……」
嗚、嗚哇……
「好、好噁心！學弟！不要以為實驗室大家出去吃飯只剩我一個說話就可以這麼噁心！你裝什麼可愛！一百八十多公分的男生抱著貓裝可愛很詭異很變態你知道嗎!?而且誰冷淡小氣壞心眼要丟掉牠啦!?」
學弟聞言便朝著小貓露出燦爛溫和安撫的閃亮微笑。
「呵呵……小貓，聽到了嗎？學長說要養你耶……不會丟掉你呦，不過你今天為什麼會在這裡呢，悄悄告訴我好不好？嗯？」
小貓也很配合的咪咪喵喵叫了幾聲，受到學弟裝可愛攻勢凌遲的學長原本在抓狂的邊緣，聽到小貓真的發出了聲音，也忍不住略顯壞心的暗笑著。
學弟呆了一下，面露苦笑的演著他的獨角戲。
「嗯……真糟糕，我聽不懂怎麼辦，你跟學長商量一下，請他說給我聽好不好，嗯？好不好？」

然後學長看到兩雙閃亮亮的好奇眼神湊到跟前，美麗的藍灰色以及讓人想細看卻又想移開視線的深邃黑色。

「……沒有為什麼。」

「那為什麼不直接拿到樓下給我？」

「你越來越囉唆了。」

學長皺眉煩躁的如此說道，學弟卻只是抱著貓輕鬆愉悅的笑著。

「好吧，那麼，學長，貓怎麼辦？」

「……自己想辦法。」

學弟聞言面帶微笑的點點頭，把小貓放到肩膀上，用臉磨蹭著，一副既然你這麼說我就這麼做吧的樣子，正要走，學長卻一語不發的，突然橫手攔了張A4對折的紙檔在他眼前，晃了晃。

抽起來，攤開，滿滿的一張養貓須知，附贈飼料，讓學弟花了一番功夫才沒笑出聲。

面帶微笑輕輕收下，學弟很乖很乖的說了謝謝。

「……學弟。」

學長也不清楚自己究竟為什麼要叫住他，但抱貓人依舊如他所願的留住了腳步。

「什麼事？」

「你……」你真的要去聯誼嗎？「不，沒事。」

學長意識到想問的問題連忙改口，學弟去聯誼干他屁事……但是想歸想，學弟放下貓，在實驗室穿梭移動的身影卻沒能讓他真的想開……學長半邊心思努力探討著自己究竟是為什麼，介意那個應該避之如蛇蠍的學弟，去參加聯誼的想法。

✤ ✤ ✤ ✤ ✤

又過兩天，星期五，晴時多雲。大學部男女公關完全發揮了為民服務的精神效率，系板的系級佈告欄裡有著用麥克筆POP寫得很花俏華麗的聯誼公告，學長買午餐經過時瞄了一下，然後打心底升起一種有桌子掀桌子有脖子掐脖子的衝動。

那個時間、那個地點是怎麼回事!!

雖然昨天在電話裡就確認過不可能是同一攤，地點時間聽起來也沒問題……但是現在看到就覺得有問題。也不是說會撞到同樣的時間地點……但是地點其實是一樣的。聯誼總不會只去一個地點，而他朋友說的地點跟版上的明細其實一模一樣，就是時間錯開了。

要就是他前腳走學弟後腳到，不然就是學弟前腳走他後腳到。

明明不會碰到學弟理所當然應該是件好事，可是學長卻只有很火想掀桌、非常煩躁的感覺。

不知道該怎麼辦，對於學弟去參加聯誼這件事，搞不清楚是介意還是在意，更何況學弟想做什麼應該都跟他沒關係才對。

回到實驗室，表面習慣性的維持從容平靜，咬著滷排。十一月下午一點的陽光，從黑玻璃的窗外透進室內，有種孤涼的暖意。看著有些空盪的室內，學長混亂的思緒，幾近空轉的運作著，一遍又一遍的想著聯誼的事，再順便嫌棄一下今天的菜又太鹹。然後，學長發現學弟的座位上好像少了什麼。

「學妹，學弟下午不是有課嗎？」

「是啊。」

「那他背包怎麼不見了？該不會是翹課落跑吧!?」

「哎呀，學長，學弟是這種人嗎？人家可是認真的好孩子呢，他這個禮拜要回家，下了課就要去趕車，所以背包就乾脆帶走，省得回來拿。」

「這樣啊……」用力的把吸管朝冬瓜茶插下去，學長的大腦，隨著聽到的消息稍稍淨空了些，收拾起吃完的便當以及桌面後，想著要不要順便拿70％酒精擦一下。

「怎麼，學長找學弟有事？怎麼聲音聽起來若有所思的？」整理數據整到自暴自棄的學妹A子，認真的問著其實不用那麼認真的問題。

「……不，沒事，只是看到剛好問一下。」聽到學妹說他若有所思，讓手中脆弱的冬瓜茶差點爆出來，有這麼明顯嗎？

「喔，反正學弟有手機，想到什麼問題打給再打給他，學長應該知道號碼吧？」

「……不知道，我沒跟他要過，他也沒給我。」說實話是根本沒想過。

聽到學長這麼說，A子抓起手機立刻翻起電話簿。「學長，那我現在念給你聽喔，手機準備好。」

「……欸!?不、不用了啦，反正又沒事……」

「學長，你在說什麼啊……誰說拿到電話號碼就一定要現在打，我是說先把號碼給你，存在電話簿裡才方便呀，天曉得你要找學弟的時候我們在不在，快啦，不過就是個號碼，該不會學長的電話簿存爆了吧？」

堅持不拿果然很奇怪……

「怎麼可能爆……好啦好啦！老人家太懶原諒一下，等等……嗯……你唸吧。」

手指順著學妹說出的數字移動，與之對應的數字依序出現在小小的彩色螢幕上，按下了確認鍵，順利出現已儲存的字樣時學長才想到其實可以只做做樣子，沒必要真的存……

但是按下確認鍵卻也沒有想像中的不情願，反倒有一種……拿到了的感覺？

學長下意識習慣性的按揉著眉頭額角……學弟不在，沒有實驗，投稿也在等評審，完全無事可做一身輕鬆的現在，卻有更累的感覺，除了困惑就是煩惱，明明就是大好的週末……

學妹C從實驗裡脫身，準備回到座位上渡過兩小時的中場休息，有些好奇的打量著，手指動作比平常躁鬱的學長。

「……學長，你該不會是身體不舒服自己沒發現吧？你現在看起來不太好。」

聽到學妹的形容，學長沉默了一下。

後站起來迅速的收起東西。

「學、學長!?」

高落差的反應讓在場學妹紮實的受到驚嚇。

「決定了！我要去釣魚，這麼好的天氣就是要去釣魚！拼三天看看能不能釣到50公分的啦！」

決定轉換心情的學長反駁著學妹們「50公分是不可能的啦！」的判定，甩下未來兩天半的注意事項，彷彿很有精神的前往理想中的豐饒海岸，挑戰海釣新紀錄。

✤ ✤ ✤ ✤ ✤

禮拜四，天氣溼冷，就是所謂，如果可以就不想出門只想睡覺的那種天氣。

學長坐在實驗室捧著加糖加奶的雀巢咖啡三合一，回想過去的幾天，簡直就是無聊煩悶到極點。

上禮拜釣魚第一天，禮拜五，天越釣越黑，釣到的魚比他的餌還小還瘦，火大的全部放生。

第二天，從清晨開始釣，後來終於釣到了一條50公分的，很開心是沒錯，可是牠很難吃，霹靂無敵難吃。最後反倒很不爽，後悔為什麼釣上來的時候不做個魚拓爽一下放掉就好，吃到難吃的東西真是一個幹到不行。

禮拜天，釣魚的第三天，到了目的地後從太陽變陰天，東西都放好後就開始下大雨……只好很認命的收東西回家，畢竟他對上社會新聞頭條版的興致不高，給大浪捲走太沒意思了。

之後就開始下雨，一直下一直下，一路下到今天，哪裡都不能去。

禮拜一，學弟回來了，Meeting很平常，實驗室一整攤人去吃晚餐也很平常。那天晚上學弟抱著貓來找他問問題，沒讓他進去……但是在門口被偷吻……不知道該說平常還是不平常，學弟最近乖得有點反常。

禮拜二一日無事，在實驗室看了一整天的電影，沒看到學弟，禮拜三則是在回家前才跟學弟聊了幾句。

今天還沒看到他，一直下雨的話這禮拜六還有可能去聯誼嗎？也不知道會不會改地點……

「學長？」

低沉誘人的溫和聲音自耳邊響起，明明有些距離，氣息卻彷彿在耳邊吹撫。

「幹、幹嘛？」

「……在想什麼？」

「……沒什麼。」

看學弟手上拿著東西，原本應該是來問問題的吧……結果先出現的卻是另一種問題，以及久違的音色。

像是之前誘哄自己的那種。

正恍神著，學弟不知何時已放下手中的東西，因酒精而顯得冰涼的指尖探上額頭，另一隻手則比對著自己的體溫。

涼涼的感覺，隨著接觸的時間，逐漸恢復到也許會讓人暈眩的溫暖。

「……嗯……沒發燒。」

「誰、誰發燒啦！本來就沒事！要問實驗就快點問，不要到時候又弄到不睡覺！」

「是是，沒事就好，我是想問這個……」

學弟翻開手中的Paper，問著字裡行間，問著圖表，而學長則有條不紊的解釋著，旁徵博引各式各樣的期刊。兩人看起來就像是正常普通認真向上的學長與學弟，至少此刻，兩人大腦裡不存在專業問題以外的內容。

窗外依舊下著雨，有些大，連帶的讓天色也黑得又早又冷。

然後，有些大的雨漸漸轉小，再轉小……終於，到了禮拜六的時候只剩下雲稍微少一點的陰天，而好賭的兩方負責人也難得的賭中央氣象局會準，所以自始自終都堅持著原訂計畫。

學長其實有些意興闌珊。

一方面是因為天氣，另一方面，想到要騎摩托車又要招呼今天未知的對象就覺得沒勁……早上在地下停車場碰到學弟的時候還真有點羨慕……有車真好，早知道就不賣車了。

最後的原因……也許還是學弟今早出門的表情吧，看起來很輕鬆愉快的樣子。

學長在心裡嘆息，路上的交通號誌向另一端奔馳，再長的路都不夠一個煩惱的人想完一件事。

集合哈拉抽鑰匙……

然後學長有些不敢相信的，看著今天被自己認領到的女性，暗暗懷疑是損友做了手腳。

大美女一個，氣質好，看起來也不假不做作的感覺……有胸有腰，牛仔褲下的纖細雙腿似乎很適合穿迷你裙。

打招呼，自我介紹兼聊天，遞過安全帽……眼前的美女，也是碩一……學長騎著摩托車前往下一個地點，內心感慨為什麼人家有美女學妹，他卻只有惡質的學弟……

「……那是你認識的人嗎？對你招手的那位？」

在目的地停下，停車……接過安全帽的時候，女性特有的柔嫩音色溫和的對他發出了小小的疑問，白皙纖麗的手指，指著他身後某個沒注意的地方。

學長心裡想著不會吧，一邊鎖好車子心中默禱，輕輕轉身轉頭移動視線。

果然。

今天早上的時候沒仔細看……雖然學弟的穿著不算流行，但還真是有型啊……學長正感慨著，笑容陽光的學弟，已經優雅瀟灑的走到眼前，相當有禮貌的跟他的朋友女伴打招呼。

「喔喔，好巧，學弟，沒想到你也來這裡。」

學長努力的讓聲音和笑容都自然愉悅驚訝，但不用人家說也知道，應該是怎麼看怎麼假。

「嗯，沒錯，我也很意外，想說既然碰到了就過來跟學長打聲招呼……不好意思啊學長，我們那邊要離開了，沒事，就先這樣吧，學長再見。」

揮揮手說慢走，然後學長看到學弟招呼另一名相當美麗的女性上車，笑容可掬的替她關上車門之後揚長而去。

可是，還沒來得及去思考內心一瞬間的感受是什麼，他就被其他人的問題所包圍，而且是令他不悅卻無法表達的那種。

「那個是你學弟啊，挺乖的嘛，不錯啊！」

乖個鳥！

「那是你學弟？笑起來好可愛呢，我也想要有這種學弟呀……」

相信我，這位小姐，你會後悔的。

「你學弟？那是你學弟？真的嗎？」

花痴……什麼都寫在臉上……

「好有型，好帥的學弟啊！」

……無法否認，可惜個性捉摸不定，根本就是黑到骨子裡。

比較令人感動的是他的女伴還算冷靜，這是比較級，也許是因為其他人已經問了所以就不用開口，或許，這是她善體人意的溫婉表現。

學長覺得是前者，但為了保持心情愉快，他決定當她是後者，這世上本來就有很多不該說清楚的事，那就別弄得太明白。

這樣生活才會開朗正向。

✤ ✤ ✤ ✤ ✤

再次見到學弟的時候，已經是下午，學弟跟著一群大學部小朋友們有說有笑和樂融融的走進店裡，完全沒有注意到也在店裡的自己。

然後，看著學弟的他冷落了自己的女伴同學朋友，腦袋裡只想著他居然沒發現到自己，猶豫著要不要叫他，又希望他像平常一樣總是能發現自己的所在。

直到女伴叫他，才發現自己居然這麼介意這種小事，居然會去想這些事。

「啊，抱歉，我剛剛是……」

直覺的向女伴道歉，卻換來溫和搖頭表示不介意，染燙得很美麗的頭髮輕柔晃盪出漂亮的光澤線條，復又鬆軟的恢復靜止的狀態，在頸間披散開漂亮的弧度線條。

「沒關係，是看到熟人嗎？我看你剛剛一直在注意那裡……？啊，那邊的是你學弟吧，早上遇見的那位？」

「是啊，光顧著確認是不是，真不好意思。」

「嘻，沒關係，那你要去打招呼嗎？他似乎沒看到你。」

唔嗯……

「不用啦！破壞人家好事會被詛咒，現在巫毒娃娃那～麼普遍。」

「哎呀，你在說什麼呀！哪那麼容易被怨恨，這樣的話，那我下次也去買一個試試，那個還蠻可愛的說！」

「喔？那妳是看上哪一個？我看誠品那裡還蠻多種的，聽說功用還不一樣？好像你們女生都相當的喜歡，為什麼會喜歡像鬼娃娃一樣的東西……？」

「哪有，那是、」

口是心非的表面對話鬼扯蛋，真是無聊到姥姥家……讓學長很難得的懷疑起為什麼大家會這麼開心，這樣的對話究竟是哪裡有笑點，哪裡有趣了？

……而且明明是家爛店，茶水食物爆難吃，那個咖啡連豬都會被毒死。

好無聊，女伴雖然是個美女，現在卻又覺得太普通了，搞不懂她是社會性太高還是大腦水準太低，看起來真的很愉快……學弟那邊傳來的聲音也很吵，那傢伙到底是為什麼這麼開心……

正想著，上衣口袋傳來手機的震動，學長反射性的掏出手機，說抱歉，然後聽到了意外卻熟悉的聲音。「學長？是我，先不要驚訝，假裝是實驗室打來的電話。」

電話彼端的聲音低沉依舊，隔著聽筒在耳邊呢喃，暖意流遍全身，讓學長不自覺的照做應付完周圍的損友以及女性之後，才想到自己幹嘛要照著做。

「……你……什麼事？」

「看你好像很無聊的樣子，臉色也不好。」

「多事，要你管。」

「那麼，要不要落跑呢？」

「欸⁉你、你在說什麼⁉」

「你看起來既無聊又不快樂，要不，先藉故出去？如果你沒辦法決定的話。說要講電話就好了。」

學長覺得學弟的聲音裡又淺淺的藏匿著笑意，但是如果只是出去的話……透透氣其實也好。

「你等一下，那個，各位，不好意思，實驗室有些事，我去外面講一下電話，一下就回來。」

學長刻意把最後的聲音讓大家聽見，在告罪之後離開玻璃門和落地窗的可見範圍，掛斷手機。

學弟很快就出現了，近乎輕巧無聲的靠近他，不發一語掛著微笑的站在他旁邊，看著他。

「幹嘛？你這樣笑很奇怪。」

「沒事，什麼事都沒有，不過，學長現在看起來好多了。覺得無聊，不想回去的話也有藉口，應該，也沒事了吧？」

「……什麼意思？」

學弟粲然溫和地笑了笑。

「你沒事，我就要回去了。」

「……回去!?」

「聯誼還沒結束，學長，還有人在等我。」

心狠狠的抽動了一下。

學長直覺的想說這麼無聊的聯誼回去幹嘛，但他究竟是基於什麼樣的理由勸學弟不要回去，又是為什麼想勸學弟不要回去……

當學弟站在自己面前，給了自己也許想要的藉口，然後為了等待他的人離開，原本理所當然的事，感覺卻是出奇的難受。

不喜歡學弟太過靠近自己，卻又不討厭……

「……學長？」

……不喜歡看到他如此溫柔的對待別人，討厭他燦爛過頭萬人迷般的笑容……

「……怎麼了？」

冰涼的指尖碰觸到臉頰，拉回學長的神智，驚愣的回神，看著眼前微笑伸手撫摸自己臉頰的男人。

然後學弟又輕輕的收回手。

……也許他早就知道會有這樣的結果了……所以，刻意微笑等待自己開口。

真的很惡質，不是一般的討人厭。

「沒事……只是……看到……你……」

普普通通一句話，又不是當初追第一任女朋友時告白說我喜歡你，但就是覺得說起來好困難，平常不容易臉紅的學長，完全可以從臉上的溫度猜出臉到底有多紅。

學弟靜靜的微笑著，等待，微微側首。

「……跟別人聯誼說說笑笑的……感覺……很不好，而已。」

「……覺得不高興？」

又是帶著笑意的聲音，學弟依舊冰涼的手指不知道是幫臉部降溫還是升溫，輕柔的摩娑著。

「……應該是吧……」

「可是我現在很高興……以學長來說是大有進步吧。」

「混帳，不要太得意！」

「是有一點……不過這個答案尚可接受，我比較想聽你說喜歡我之類的。」

學弟的吻輕輕印在唇上，淺啄即去，有些突然的狀態讓學長一陣呆愣之後急忙掙脫，讓學弟呵呵的輕笑著。

「學長，稍稍恢復一下，然後打個招呼就落跑吧！」

「然後呢？被載來的人怎麼辦？」

「管他的，既然不要就沒有負責的義務，倒是學長落跑之後想去哪裡呢？」

「欸？」

「我們去約會吧？嗯？」

約會嗎？

學長第一次開始覺得，也許跟學弟去約會也是個不錯的選擇。

第十章 意外的進度

對一個人感到有興趣、喜歡上一個人，或者，愛上一個人，這三者之間，是有一定程度差距的。

學弟對學長是，覺得有趣的喜歡，興趣跟心意很難說哪個多一點。

學長對學弟……並不會覺得特別的有趣，但，也許是喜歡。不太想承認，心裡卻介意，在學弟極具耐心的追求下，漸漸重新意識到叫做喜歡的那種感覺。

這樣的交集其實有些距離。學長一點也不笨，所以他能意識到兩人間的差距，即使現在的他已經不明白這是否就是他一開始堅定拒絕的原因，但是他也沒有打算就這樣簡單的敗退下來，身為高等靈長類之首的人類，向來就具有極高的學習能力。

所以，自從上次學弟如願的從學長口中聽到一些話之後，事情就一直跟學弟的計畫預期不太一樣。

好像有些改變，又好像沒有。

至少連半推半就都沒有，一如既往很乾脆的拒絕他，最多勉勉強強親一下……

這讓學弟很哀怨，而他也適當而努力的讓哀怨電波傳達給對方，只是，所謂士別三日刮目相看，一日不見如隔三秋，照此換算，學弟發自內心的有一種，今天眼前的人是誰啊的感覺。

「學長……」

「幹嘛？身體不適就回去，別做實驗失敗之後浪費藥品弄壞儀器，你是沒有傷殘補助，機器則是沒得修，它們很貴的，壞了會妨礙到其他人的實驗進度，超級麻煩，乖，回去吧回去吧，別拖累你可憐的學姐們。」

「我想說的是，學長最近氣勢真是大不同啊……發生了什麼事？」

眼前的學弟擺低姿態的裝可憐裝可愛，是有可愛到也很有趣沒錯，可是沒用。

學長翻動著眼前數量驚人的資料，聽到學弟這麼問，悠閒的轉頭，漾出燦爛安撫的敷衍笑容，氣質全開。

「發生什麼事？不，什麼都沒有，這位施主，在下只是頓悟了。」

「……你現在的笑容的確有頓悟的感覺，學長，不過，像哪些？」

「像我介意你的行為跟我接受你的行為是兩回事。」

「哼嗯……還是這麼不喜歡我？」

學弟瞄見學姐回到實驗室，略略壓低放柔了嗓音，優雅的聲調在學長耳邊呢噥徘徊，如同之前遺留在記憶裡的一樣，動聽、讓人心跳失速，語氣配合眼神動作簡直就像攙了毒藥的酒。

只是，漸漸能接受的現在、想通了一些事後，學長對學弟行為的抗性也變高，至少，不再會輕易的手足無措。

也難怪學弟會有沒那麼容易得手的感覺。

因為學長露出了那種以前常見的，小心機小奸詐的陽光氣質笑容，學弟覺得有趣喜歡的那種。

「親愛的學弟，我很喜歡你的。」

「喔？真讓人高興，可是聽起來好沒誠意。」

「放心，跟你這種惡質的傢伙比起來，我的誠意比你高多了。」

「學長，對你……我的誠意總是超乎你的想像。」

「那真讓人遺憾，對你，我是反過來。不過學弟？」

「什麼事？」

「我要點菜。」

學長一邊說著一邊重重的把很厚的期刊疊進紙箱裡，學弟一如他預期的，一臉興味，挑著眉毛，側著頭，微笑沉默。

久到學長幾乎以為學弟是掛著微笑在發呆，學弟卻用加了糖般的甜膩柔和語調，輕輕柔柔的開了口。

「那麼，想吃什麼？今晚？還是……學長想過著在實驗室也能吃大餐的生活呢？」

有些出乎意外的乾脆，讓學長稍微呆了一下。

「……想吃海鮮，明天中午實驗室，當然，你能天天做的話我也不反對。」

「我知道了。那，親愛的學長，你能給你認真體貼的親愛學弟一個吻嗎？」

沒那麼容易是可以預見的，眼前的笑容也是可以預見的，自己臉紅心跳的程度應該也還在控制範圍內，不然學弟不會是這種反應……學長想了想，實驗室還有其他人在……但是不答應的話學弟是想辦法也會騙到手，橫豎只是一個吻……

「別擔心，不會被看到的。」

「……好吧。」

其實被學弟親吻是一點也不勉強，只是就是會不自覺的迴避，下意識還是會有男人與男人那種非一般的不自在感。

然而，學弟第一次這樣問，自己也答應了，即使心裡還是有忐忑想跑的衝動……可是寧靜微笑的學弟，並沒有如預期般的貼上來，只是微笑著。

學長微微皺起眉頭，有些不爽。

「你……」你在耍人嗎？看到別人因為你而忐忑困頓就這麼有趣？

「學長不是答應給我一個吻？我在等。」

學弟彷彿聽到了學長自動消音的部分，隱隱藏匿著愉悅感的溫柔聲音，很輕短的發出了提示。

我在等你吻我。

「嗚呃……」又上當了……

學弟支著頭，坐在他旁邊的位置。優雅從容的氣氛從放鬆閒散的肢體與笑容裡滿溢而出，越看越可惡。

只是現在想放棄也來不及，他也不相信學弟可以撐到學期末。

一個吻還是很划算，只是……

咬咬牙，學長決定唬爛打混靠過去嘴唇碰一下就好。

「哦，對了，嘴唇碰一下的那種不算，學長也是有過女朋友的人，這點應該知道吧？」

馬的！

斤斤計較徒增把柄，雖然學長很想說既然是我給你囉唆什麼，但學長其實還是明白學弟的意圖，而他，也有自己的計畫。

開什麼玩笑，哪能輕易輸給這種半玩樂的傢伙，要也是把人拖下水要死一起死。

學長微斂雙眸，輕輕調整角度的靠近，熨貼上那對吻了自己很多次的雙唇，柔緩的吸吮輕舔，感覺著學弟極有分寸的回應，有些淡淡的暈眩。

這次，學弟沒有察覺到學長隱藏的心思。

✤ ✤ ✤ ✤ ✤

「欸，大魔王。」

沉默寂靜悄然無聲。

「魔王陛下。」

還是沒聲音。

「英俊瀟灑風流倜儻天縱英才卓爾不凡的親愛同學。」

「……尚可接受。說吧，什麼事？」

十指輕鬆交疊，望向落地窗外的視線拉回室內。聽到如此形容，卻仍能以君臨天下的氣魄批個尚可接受的人，說實話真的不多。

「哇哩勒……還尚可咧，欸，聽說你在追你們實驗室的學長，最近怎麼樣？」

「什麼怎麼樣？」

「生活如何，結果如何，還有，你這次是真的還是假的？」

「什麼真的假的，有興趣才會去追，當然是真的。」

「哼嗯，那就是跟以往一樣了⁉喜歡的部分全都是真的，就是真心少了點。所以，結果？」

學弟對於損友的評價不予回應，忽略性的喝了口飲料。

「結果？很微妙。」

「很微妙，對你而言真是個很棒的形容詞，怎麼個微妙法？」

「嗯……」

「呵呵，還要想，那樣是很不妙吧？」

面帶微笑睥睨多嘴的友人，其中的寒意不言可喻，於是對方也開始低頭喝起可樂。

「……剛開始的時候，是很一般異男的反應。以學長來說是想的比做的多，反應跟不上變化，很容易就把他逗弄得一愣一愣，面子問題的羞恥感拘限了行為模式，總是好像很害羞的反擊掙扎模樣非常可愛。」

「……好變態，你越來越變態了……」

「哼嗯……真是多謝你的誇獎。不過，最近不太一樣，至少跟我預期的不太一樣。」

「怎麼？」

「……很難形容，可預測性變低了。」

比起以前手足無措全面否定的堅定，學長現在則是以彷彿半年前的態度，陽光瀟灑的應對自己，堅守不可知的底線……事情是有趣多了，各式各樣別有心機的笑容賞心悅目又充滿趣味，一如學長習慣毫不掩飾的那種心機笑容。可是，似乎真的就像學長自己說的那樣，介意歸介意，離喜歡自己還是有一段距離。

而這就是他不太明白的地方……學長的確有動心，接吻時的感覺回應也說明了這一點，然而進一步的依舊堅持拒絕，學長努力去除各式各樣自己能得手的可能性，而且似乎也意識到自己不會用強的習慣心態……每次都自己騙著實少了點樂趣。

現在這份不可知的距離感是在學長手上，是在學長每次每次小小的回應自己之間被構築的。或者順從或者掙扎反擊的各種笑容表情裡，除了戲謔與偶爾流露出的心思，現在則多了他不懂的東西。

以前是八成知道明瞭學長的行為，現在是漸漸猜不透對方的心思。

「非常稀少的情況，你還笑的出來啊，這對你而言應該是個困擾吧？」

困擾？

學弟慣用的優雅笑容裡別有光彩，略為掩蓋在置於唇上的修長手指下。

「不，那是樂趣，難得而少見。」

「虧你說得出口，會有報應的。」

損友沒好氣的收拾餐盤，約人出來吃飯八卦，結果好像也沒打探到什麼。

「真有報應，也不錯，就不知道是哪一種……」

「你啊……」

✤ ✤ ✤ ✤ ✤

學弟回來的時候，差不多就是學長吃得下午餐的時候，實驗室裡的人三三兩兩，每一個都很忙，對於要畢業的人來說，只剩半年的時間不夠就是不夠。

而又要投稿的學長專注在電腦前，大量被整理得異常完美的資料期刊數據堆在手邊，看起來就像換了個人。學長真的很喜歡做研究，也很適合，執著思考的表情裡有著平常看不到的熱情。

反倒是自己比較半吊子呢……

想著，輕輕搖了搖頭。看學長專心成這樣，想必除了文字與數據外什麼都不知道，等他告一個段落想吃飯少說也是一個小時以後的事。

似乎不適合去打擾……東西弄好了在冰箱，就等學長好了一起吃吧……天氣冷，順便煮個薑末奶茶……

朋友說自己是用無盡的耐心與服務精神去獲得過程中的樂趣，所以得到結果的那一刻往往也是結束的開始，玩心總是大於真心、不夠認真是主要的缺點……不太能否認，但自認是沒這麼誇張過分……以此推論，所以學長是個超乎想像的聰明人？延長了過程的樂趣卻不枯燥，但事情應該也不是這樣。

只能說自己的真心習慣超乎常人嗎……？

不銹鋼鍋發出帶有餘音的碰撞聲，其實很小聲，可以說沒有任何人被驚擾到。

「學弟，你回來啦？」

學長拿下耳機，動了動脖子，喝下杯子裡變冰的水時皺瞇了眼，看起來很有趣，打量自己的表情裡則有著好奇……說實話好久沒像現在這樣，總是看不膩一個人的表情。

而且聽學長的語氣好像在等自己。

「看學長很專心，不想打斷你的靈感。」

「是等吃飯才想再掙扎一下，老師死命催也是催爽的，反正不急一轉頭就忘，可憐的研究生不做又不行……你拿鍋子幹嘛？」

「放心，煮奶茶而已，午餐不是現在才做。」

然後學姐們此起彼落的發出我也要我也要，一邊爽快的把牛奶錢掏出來，而學姐D子，則是乾脆的以為實驗室服務的名目跑去買牛奶，逃避電腦裡根本分析不出誰是誰的數據們。

學弟看著實驗室完全不考慮拒絕兩個字的學姐們，小無奈的牽動嘴角，一邊俐落的準備好兩人預定要吃的午餐，以及兩人份的奶茶。
還有特地給學長的一小罐糖。
「啊……真好，學弟，為什麼我們沒有這種待遇，只有學長有？」
女性們哀悽的抱怨著大不相同的待遇，即便肚子不餓，但甜食跟正餐的胃是分開的，聞到甜奶茶的香味還是讓人忍不住抱怨。
「學妹，想要的話你也可以和學弟當鄰居啊，不然就得考慮當個偉大聰明的學姐，現在你看的，是兩者兼備的特權。」
為學長斟茶的學弟輕輕飄動了視線，頓悟前跟頓悟後的差別還真大，完全沒有自己出來擋駕的必要。
而原本想奚落抱怨學長的學姐們，在看到學長別有深意的挑釁眼神後，驚覺到畢業將至前學長別說見死不救，還有可能落井下石的情況，就安安分分的閉上了嘴，畢竟誰也不敢保證不會有求於人……而且機會還很大。
一時之間安靜了下來，學姐們等牛奶買回來想喝第二輪，吃飯的兩人則是還沒想到要聊什麼。
窗外的風聲呼嘯而過，還好是沒有下雨，玻璃斷斷續續傳來枝葉敲擊的聲音。
「學長？」
「嗯……」
「怎麼了？」
學長的注意力因強勁的風聲而飄向窗外，若有所思，吃飯的速度也跟著漸趨停擺。

「……沒什麼……」

可是視線還是看著窗外，注意力根本沒有回到自己跟食物上，應答只是慣性的反射。

伸手在學長眼前晃了晃，回神的人則是一臉莫名奇妙的表情。

「幹嘛？這種寒流來襲的天氣沒有蒼蠅也沒有蚊子吧？」

「我是在叫你，學長，東西要冷了。」

「喔嗯……」

應了應，學長夾了塊捲著洋芹、切得很漂亮的花枝放入口中，咬著咬著心思又飄了出去。

「在想什麼？」

聽到問題，學長正要回答，東西買回來的歡呼聲熱鬧地響起，於是抬手朝學弟揮了揮。

「你還是先招呼那些對甜食饑渴的女人吧，小心她們等不到東西撕了你。」

「給學姐她們聽到鐵定會抱怨。」

「無所謂，平常求救時幾乎有求必應，說這一兩句不為過吧？倒是你，不打算過去？」學長拿起奶茶喝了一口，放下杯子，皺著眉頭打開糖罐狂加糖，然後換學弟看著少了近三分之一的糖罐皺眉頭，讓學長看著忍不住哈哈大笑。

「……好吧，也只好晚點再聽答案？」

學弟無奈的離開座位，一邊用手蓋住杯口阻止想往他杯子裡倒糖的學長，一邊搶走學長手裡的糖罐，心裡暗暗後悔讓這個視糖如命的學長知道自己怕甜食。

「放心，本來就沒有不告訴你的打算。」

學長帶著心機瀟灑的笑容如此說道，無何不可的表情裡有著最近常見的安撫意味，看起來卻意外的讓人感到溫暖。

嗯……是現在這種不上不下的狀況讓人產生錯覺嗎……

倒也算是個難得的經驗。

「學弟～東西買回來囉！還買了糖，快來煮奶茶吧!!」

是是是……

看來學姐根本就把他當成實驗室公用大廚兼茶水小弟，還買了蛋糕放在桌上等他切，應該是想拿來配茶的吧。

燒水，分茶……不知何時起學姐買了一個相當有份量的可愛茶壺放在實驗室……熱壺以及杯子，濾網、糖以及牛奶……

等到把從肉體到精神都自暴自棄的學姐們伺候好，學長已經吃完拿著大逃殺的小說在看，東西也略為收拾整理過，原本裝奶茶的杯子裡已經變成熱水，輕輕裊裊的飄蕩著白煙般的水氣。

「吃飽了？真快。」

「是你太慢。你那杯茶都冷透了，怎麼不順便拿些熱的過來？」

「學長想喝？」

「不，只是，你不想喝熱的？還是把你那些東西都拿去微波一下，這種天氣還是熱的好吧？」

學弟咬著變冰冷的魚片，深刻感受到冰冷物體緩慢滑過食道時的寒意，看著冷透的茶，想必喝下去的感覺也差不了多少。

「沒關係，吃完就算了，反正沒多少。」

「學弟？」

「嗯？」

「你該不會怕燙吧？」

「學長怎麼會這麼想？」學弟輕輕抿了抿唇上的茶漬，彷彿是習慣性的用手指抹了抹。

「每次你泡茶，剛泡好的時候你是碰都不碰的，天氣熱的時候不明顯，這種時候就很容易看出來了。沒錯吧？」

學長分著心思聊天，手上白底黑字的血腥書籍悠閒的又翻過一頁，有種好像在放假的味道。

學弟一時之間卻不知道該怎麼回答。

雖然覺得怕燙沒什麼大不了，但是被學長這麼問又不太想承認……可是事實最經不起考驗，被拆穿的話就會更可笑。

「……有一點，所以剛才學長是在想什麼？」

「岔開話題不是好習慣喔學弟，不過，有沒有覺得實驗室漸漸開始有放假的感覺？」

「……嗯……所以？只是感覺沒有用吧……老師在的話……？人不在!?出國了？」

「沒錯，怎麼，不知道？」

「……完全不知道。他要出去多久？」

學長悠悠哉哉的把書又翻過一頁，夾上書籤，啪的闔上。

「半個月，老師在大學部授課的部分已經上完了，報告的期限也還沒到，研究所的課你也知道，所以他就出國開研討會了。」

「半個月，這次又是上哪開會。」

「陽光燦爛的澳洲東岸。」

真是太棒了……北半球是冬天，南半球的天氣卻正好。

「然後？學長是想去哪？」

「不是想去哪，而是明天開始我半個月都不會出現，剛才只是在考慮天候的因素，在想要不要修正路線。」

「修正路線？既然已經決定了，是要去哪裡？」

「我要去橫越中央山脈，你覺得是哪裡？」

「這種天氣？這種時候？學長你是認真的啊!?」

「其實也不過是挑一段自己喜歡的，半個月的長度能有多少，我有很多座山的嚮導執照，只要申請入山證隨時都能進去，怎麼，嚇到啦!?」

學長拿著書，有些流氣的拍著學弟的肩膀，學弟是真的很驚訝。

「……那你體力怎麼那麼差，學長，你執照該不會是拿假的吧!?」

「那個跟那個不一樣！我問你這個系籃的，打球跟做愛有一樣嗎？」

「我說的是體力問題，學長。」

「我也是說體力問題，是消耗跟使用的方法不一樣，懂嗎？算了，跟你說也不可能懂，看起來就是沒爬過山的樣子。所以我剛剛是在看風勢，不曉得山上的情況如何。」

「這麼冷的天氣有什麼好？」

「就是戶外遊客少了才好，台灣四季沒那麼明顯，山上這時候安安靜靜，會有平常看不到的美麗景致。」

學弟看學長說的頗為開心，一點都不像在唬爛他或是晃點他。

「真瘋狂，學長決定好了？」

「入山證都拿到了，你覺得咧？」

「一個人在寒冷的荒山野嶺半個月還這麼開心。」

「誰跟你說我一個人？我有個朋友是職業攝影師，剛好我當他的嚮導一起上山，他是半工作半玩樂，我是沒差，他只是差在沒執照所以非得找個嚮導，論經驗其實厲害的很。」

「你朋友？所以是兩個人？」

「就像你說的，一個人很無聊，可是，如果找這種熟人一起入山就有趣多了，他因為工作認識不少原住民，所以也知道很多只有他們才知道的路線，說不定還能沾點光受到特別招待，像是極品的私釀小米酒。」

「好像很不錯，我也可以去嗎？」

學長聽到問題後有些驚訝，然後認認真真的看了看想了想。

「基本上，學弟，我不建議你去。我們走的路線不是一般登山客的路線，你以前從未試過背著二十公斤的裝備爬山吧？更何況，你沒有裝備，而我明天就要出發了。」

「真的沒辦法？」

雖然一直以來都知道學長想跟自己保持距離，但到這樣一閃半個月跟別人在一起，實在很傷他的自尊心。

重點是，學長是真的很喜歡跟那位不知名的朋友去野外大冒險，笑容裡的亮度完全不一樣，帶著些天真的表情很動人。

「也不是，可是，重點是你啊學弟，爬不上去的人就是爬不上去，你爬到一半不行了可是想回頭也難，我們也很難幫你，要去就是一定要照計畫走完，所以我個人是強烈不建議你去啦！」

「我想我應該沒問題吧，還是我去會很不方便？」

「是很不方便沒錯……不過我再說一次，這跟打球的消耗是完全不同的，到時候你很可能會痛不欲生。你朋友跟我說過你怕冷，所以請務必想清楚，絕對不能勉強自己。」

「哪個朋友？他跟你說我怕冷？我怕燙也是他說的？」

「我哪知道他是誰，找你的都是你朋友吧？他是來實驗室找你，我跟他聊天的時候他說的，你怕燙是我發現的。」

「……」

「重點是，你確定你要去？如果確定的話我就幫你借裝備，我那朋友家裡有兩套，一套是他哥的，這次剛好能借你。」

「很想去。」

「那好吧，我等會兒聯絡他，晚上跟他拿到之後就去你家。」

「嗯？」

「那些東西你會用嗎？背包裡的東西也得幫你看一下，我可不想帶個白痴上山害死我自己！晚上好好在家等著，不要想些有的沒有的。」

生平難得被罵白痴，學長的表情摻雜了無奈跟瞧不起人的意味，但是再怎麼說學長都算是專家。要尊重專業。

只是，學長看到他沉默顯然想歪了，微紅著臉認真叮嚀的凶惡表情，還是那麼的可愛。

當晚，喝著香料茶等門鈴的學弟，終於在八點左右的時候等到了。

只是，打開門看到的，卻是一個跟他差不多高，膚色白得非常漂亮，頭髮挑染，氣質活力陽光，長相有點娃娃臉的陌生男子。

「嗨！你好，初次見面，你就是那個要借裝備的人啊？」

……原來這就是學長的朋友。

相對於學長友人彷彿活力破表的狀態，提著裝備的學長，表情則是非常無奈，但眼神卻是相當的戲謔縱容。

「好了好了，把門讓一讓。學弟，這就是我說的那位。雖然他從外貌到精神年齡看起來都像大學生，但他真的跟我同年，我們從高中就認識。個人專長是攝影、探險，以及收集各種可供虐殺的生物。」

「誰在虐殺生物，我是想養牠們，想到能把熱帶雨林養在家裡就很棒對吧？殺掉牠們的是我哥，別推在我頭上。」

然後學長相當粗魯豪邁地把沉重的登山背包砸在那個人身上，一邊悶笑著把人往門裡推。

「講話不看地點，進去進去，學弟，抱歉，但他是裝備的主人，他說想來看看我也無法拒絕，我想多個客人應該是無所謂吧？喂！你別再辯解了，在你手上活著的生物比較可憐！你老哥是在替你積陰德，連阿元手上的那些都沒你慘！」

「嗯，是沒關係，不過學長的朋友，相當的……有趣。」真要說的話，長相氣質還挺天使風的，只是出乎意外的有元氣……有點吵，連帶的，似乎連學長也變得熱鬧多話。

聽到學弟委婉的說法，走進室內的學長邊脫外套一邊笑。

「是啊，那傢伙鬼點子一堆，是個能夠把生活過得超級愉快的人。天生曬不黑的皮膚和娃娃臉，很多人根本不相信他是從事戶外工作型的攝影師。」

「的確是個看起來就很愉快的人。這還是學長第一次來我家吧？」

客廳裡傳來笑聲，非常開朗的聲音說著好癢好癢，學弟才想到貓也在客廳，沒想到一個陌生人才花幾步路的時間就能跟他家貓混熟，真的是相當厲害。

「第一次？我是不想來……他是個跟動物相當有緣分的人，就是不得要領。以往上山的時候偶爾好玩，他會模仿各種鳥類的叫聲，常常都會引來回應，有時還真有鳥被引過來，相比之下，你家的前任小野貓不算什麼。」

兩人走進客廳，學長拍拍他的肩膀給他一個微笑，然後才從客人的手上撈走小貓。

「欸⁉幹嘛帶走牠，還我，再讓我抱一下，牠好能玩耶，好有趣！」

「你不是來別人家玩貓的吧？自己家裡就兩隻狗一隻貓。先把今晚的事解決，明天要出發了。」

「嘖……好吧，對了，今晚我睡你家，這樣就不用再回去一趟，反正明天一起上去，這樣也方便。還有，因為多帶一個新手，我跟林管處的劉先生幹到一台無線電，明天入山前再找他拿，他答應要借我們。」

「你自己本來不是有？」

「那是為了好玩才買的，真的在深山裡派不上用場。」

「……算了，所以你整個背包都借他，裝備在你家就確認過，先攤出來，帳篷要用哪一種？風大又下雨的話會倒。」

「帳篷？蒙古包就好了，我是帶四人的，現在在我車上。一個大家輪流背，那種的又輕。氣象觀測站那裡我有打電話去問，山上那裡目前相當乾燥，反倒要小心火，因為遊客，陳桑那裡前幾天差點燒起來，到現在口氣還很不好。風的問題選好營地位置應該就還好。」

「這樣的話……確認路線……」

雖然心裡有準備，但還是有點無聊。

學弟在一邊抱著貓努力聽，學長跟他朋友不時的做出解釋，告訴他裝備怎麼用，各式各樣關於登山的事情，大部分的時候他就只是聽著。

有的很有趣，有的就是知識技能一類的，學長的朋友出乎意外的能說善道，只是當聽眾的話想必很有趣，當學生的話就有些不清不楚……要不是學長有解釋，根本聽不懂這個天馬行空的人在說什麼。

學弟正開始走神，已經結束確認的兩個人，拿出兩包東西遞給他。

「這是？」

「聽說你怕冷，剛剛我跟你學長去買的，手套和外套，防水防風纖維防凍結，穿去雪山上都沒問題，外套的內裡還可以拆下來，平常也可以單穿……啊，還有這個，風鏡，釘鞋你先試穿看看。」

「……這些東西？」都是新買的，以學長的個性應該是某知名登山裝備的名牌產品，那到底要多少錢……

「嗯？送你的送你的，算是給可愛晚輩的見面禮吧，只有手套風鏡是我出錢，外套是你學長出的，要謝就謝他，最貴的是那個。」

「學弟，想知道多少錢？對我而言是沒差，你聽了可能就有差，本來只想幫你出一半……既然有人說了，就送你吧。」

「那我就收下了，謝謝學長，還有……？」

學長的朋友聽到學弟的疑問哈哈傻笑，從進來到現在都沒說過該怎麼稱呼。

「小汪，姑且讓我撿個便宜學長做做，叫我小汪學長吧。聽說你在打系籃，看起來還不差嘛，兩個禮拜的徒步路線剛開始可能會有點累，不過你的話應該很快就會習慣，可別被你學長看扁了。」

「哼，沒爬過的新手能有多少期待……」

三個人斷斷續續的對談和笑聲消失在十點的指針刻度，學長跟小汪各自提著自己的背包雙雙回到九樓，留下充滿笑聲餘韻的室內和東西給學弟。

輕輕的嘆息，學弟難得的感慨著無法坦率的自己，剛才那樣輕鬆的笑聲很讓人留戀。

✤ ✤ ✤ ✤ ✤

很冷，比想像中的還冷。

隨著步行向上的動作，四肢漸漸有了暖意，風還是很強，如果沒有風鏡大概沒辦法張開眼睛，腳下一步步都踏出脆裂的聲音。出門的時候天還沒亮，如今，勁風疾行的天空似乎藍的很遙遠，眼前的冬景清澈異常。

以往攀附天空爭奪陽光的樹木，如今，大部分只剩下有如枯骨般的枝條努力向上，然後就此靜止在那裡直至來年春天，冬眠的並不是只有動物，而是幾乎整座森林都一起做著期待春天的夢。

幾乎，所以偶爾還能看見動物的蹤跡，但還是很安靜。一直走，向前，登高，彷彿有些枯燥，眼前的景色有種看起來差不多卻又大不同的感覺，呼吸重新回穩至一個節奏，連心智都隨之融入滿山的沉靜裡。

偶爾停下來，稍事休息，學長和他朋友小汪就會指著路邊的植物告訴他一些事，或是經過的鳥……然後就是小汪帶著超大鏡頭的相機往林子裡鑽，留下他和學長安安靜靜的喝上十多分鐘到二十分鐘的茶，然後確認方向後再出發。

雖然不清楚樂趣在哪裡，但也沒想像中的無聊。

第一天停下來的時候才下午三點，學弟一開始有些意外，略為思索下倒是很快就想通，整地的小汪看到後朝他誇獎性的笑了笑，學長卻不知從何時起消失了身影。

去哪裡了呢？

幫也沒幫多少，小汪的動作熟練快速，整地搭營一氣呵成。學弟搬來大石頭當椅子，坐下之後才感覺到疲勞，二十公斤壓的肩膀好痛，而當攝影師的小汪抬頭看了天色又想要往外走。

「這裡就交給你啦，我出去繞一圈。」

學弟微微側首看著對方，有些遲疑，檢查相機的小汪發現之後一臉了然，嘻嘻笑著走到他旁邊坐下，整理底片。

「怎麼，很不安？不知道自己該做什麼？不知道你家可愛的學長怎麼不見了，而我這個偽學長又要跑出去讓你一個人顧營區？」

「……的確是不知道該做什麼。」

「哼嗯……還算老實嘛，在這裡，沒有一定要做的事，計畫也沒有一定的意義，聽聽聲音，發揮你的好奇心，什麼都不想的看著天空和樹也是一種收穫，除了打理要過夜要吃飯這種必要的問題外，登山並沒有什麼該做的事。」

說話的人重新為相機換上新底片，蓋上蓋子，昂貴的蔡司相機發出漂亮的機械音。

「還有你家學長去釣魚設陷阱了啦，一會兒就會回來，你真想做什麼就升火，這總會吧？不過，你都不吃醋的啊？」

對方的笑容看起來相當可愛純良。

但想也知道不是這麼回事。

「學長告訴你的？」

「他怎麼可能會說，十月賞楓露營的時候覺得有蹊蹺，看到你的時候就大概知道是怎麼回事。」

「所以？」

小汪站起來拍拍屁股，給了他一個眼裡沒有笑意的燦爛微笑。

「既然你也不過是這種半吊子的態度，那人我就帶走了，還真謝謝你讓他開竅。」

非常明顯的挑釁，自己也覺得學長不是那種會說出去的人，不過眼前之人的態度也很微妙。

「多謝提醒，我會注意的。」

聽到回答的人完全不為所動的朝他揮揮手，步入密林，消失在視線裡，整座森林的風聲慢慢改變了味道，隨著午後陽光的色澤由黃轉而偏橘，風向和風勢也在改變，天空還是很藍，只是漸漸染上了黃昏才會看到的美麗紫色，城市裡看不到的美景……風聲越來越安靜，有種冷的很舒服的感覺，漸漸的想睡了。

「只剩你一個？那傢伙又跑去拍照啦，火也沒升。」

「本來說是讓我試試，沒想到才看著天空沒多久，你就回來了。」

站起來，接過學長手上的魚，已經殺好去鱗，雖然不大，但量還算不錯，一隻隻被學長用葉子包得整整齊齊。

「很漂亮吧，冬天的天空轉變更快，先來升營火，邊邊那些樹枝石頭撿一下。」

幫忙撿，學長架著柴薪枯葉松針升起了火，火焰柔緩的騰起，帶著香味，映照著火光才知道天色確實步入黑夜的領域。

「魚跟晚餐就交給你了，學弟。說歸說，東西不是煮就是烤……剛剛在想什麼？」

學弟處理晚餐的揮刀動作頓了一下，才想起他剛才看著天空的時候其實什麼也沒想。

「什麼也沒想，只是看著看著差點睡著。」

一部分的魚切片煮湯，剩下的魚抹鹽後則用葉子包得更厚，放在火堆邊緣輕輕煨烤。

學長看著學弟在魚湯裡放入了一些茶葉代替香料，有些意外，也好笑著這個學弟對味覺的執著，淺笑著看他弄完洗手又回到自己旁邊。

「什麼都不想是好事，讓你那個太心機的大腦偶爾休息一下，只是睡著就不好，把外套拉鍊拉開習慣一下溫度，不然晚上更冷你會受不了。」

然後，依言照做的學弟把整個人懶懶的貼進學長懷裡，埋在頸項間的頭輕輕磨蹭，舒服的嘆息。

「這樣就好了，很暖。」

麻癢的感覺從衣料滲入皮膚，讓學長的體溫又高上了一些。

「起、起來！我不是暖爐！那傢伙也許等等就會出現，快起來！被看到要怎麼、嗚……」

學弟仰首，看著那個失去安全距離而變得有些慌亂的學長，有些懷念的親切，想到他毫不從容瀟灑的表情是屬於自己的，心裡就暖洋洋的很愉快。

所以他沒有吃醋，人不是物品，但曾經共享得到的東西是無法奪走的。

想吻他，所以拉下他的頭，拿走要自己離開的話語，感覺掌下溫暖的溫度驅退寒冷，含蓄的回應，讓自己難得的在接吻時短暫失神。

「……偷到了。」

已經不再冰冷的手指反覆摩挲著剛才被吻過的唇，薄泛著水光的偏紅色澤讓心情好得不能再好。

「什麼偷到了！那是搶！放開，看一下你放在火上的東西。」

「不用擔心，沒那麼快。」

但還是放開了，鬆開的手轉而撥動火堆，火勢一瞬間又大了些，容器裡的魚湯浮起小小的泡泡，漸漸散發出香味。

學長又往火裡添了些柴薪，臉還是紅紅的，表情恢復到平常模式，但也許在生悶氣，雖然注視火焰的眼神看起來柔和平靜。

「不要高興得太早，今天才第一天，後面的路會越來越難走，保留好你的體力。」

事情也的確就跟學長說的一樣，第二天進度的末段，已經很明顯的進入人跡稀少的路段，路徑變窄，不再有人跡往來所帶有的人氣和開闊感。

再往下幾天的路，很明顯的已經許久沒有人經過。第五天，出了森林來到視野開闊之地，眼前的景色是無人之境才會有的寂靜美麗。

小汪晚上偶爾會出去攝影，而學長就會起來守夜，直到小汪回來。學長跟小汪從未跟他說過守夜這件事，他發現的時候，是第三天的夜晚，透過營帳看著學長在火光搖曳裡的背影，不太清楚看了多久……他沒有出去而是又躺回去，經由火光映照在眼裡的東西無以言喻，讓他只想沉浸回黑暗之中。

而現在，第五天的夜裡，同樣的背影，在無風的深夜彷彿凝定了身形，看著，套上外套走了出去。

「怎麼醒了？睡不著？腳還好吧？」

聽到腳步聲回頭的臉有些訝異，然後則是輕輕的笑著，聲音裡是即使有風也無法吹散的關心。

「腳？啊，還可以，漸漸習慣痠痛的感覺，讓人想起以前新生被集訓的時候。」

在學長旁邊坐下，接過遞來的鋼杯，感受那熱氣蒸騰的溫度，沒敢沾口。

「喝吧，早不燙了，幹嘛不睡？應該不至於是睡不著吧？」

試了一下溫度，才慢慢的喝了一口。

「……為什麼不叫我？」

「什麼時候發現的？我還以為你不會發現。」學長聲音裡有著濃厚的興味，往火堆裡又添了一些較粗的柴薪，一時間光線變暗，然後又花些時間溫溫緩緩的轉亮，熱度襲人。

學弟沒有回答，學長卻輕輕的笑開了臉，湊過頭在他唇上印了一下，略為驚訝的學弟直覺往後傾，人卻被學長拉住。

「好樣的，你居然想躲⁉難得我覺得剛才的你很可愛，想給你個安慰獎，居然還閃開？」

學長帶著微笑的臉有認真有威脅，寫滿了敢說是現在就把你推下山的意思。

「……我是驚訝你居然會主動，學長，別岔開話題。」

「並不是所有的事情都一定要說出來，學弟，如果你從心裡覺得必要，你就會去做，那既不是責任也不是責任感。」

學長帶著笑放開他，重新往他杯子裡注滿熱水，動作笑容都比往昔自然許多。靠近自己就顯得手足無措的情況，漸漸的變得稀少。

月光亮的驚人，讓遠處的開闊之地盪漾著朦朧白光。學長話中有話，每個人都有無法言說的祕密，有的則是不說的習慣，所以他喝著熱水保持沉默。

想著學長是在暗示哪些事。

「……以前你說自己是笨蛋，現在看起來，還真的是啊！不懂也沒關係，如果這是你睡不著的原因，那你可以放心回去睡了。」

「不了，我起來就是打算陪你，只好委屈學長順便陪一個笨蛋守夜看月亮，今天的月亮好亮。」

說著，把人拉過來摟在懷裡，學長也沒反抗，只是重新調整了姿勢和毯子，從剛才就一直忍著的悶笑讓學弟微皺著眉頭的看著他，然後學長終於忍不住哈哈哈的笑出聲。

「怎麼了？」

「學弟，你有沒有發現？」
「發現什麼？」
「自從你上山之後，變可愛了。」
「……」
「人果然只要到了不熟悉的環境，就會變得比較老實，尤其是這種什麼都沒有的環境，心機全無用武之地。」
「……所以？」
「你就變笨變可愛了，看你藏著不確定感跟好奇心一路走上來還挺有趣的，難得不用動心思，好好享受一下吧。」
「……」
「不要去想，單純的去看，你太習慣複雜的方法和遊戲，有時都忘記了簡單的方法事物，小汪看到你這樣差點沒笑死。」
「……嗯。」
「不高興？」
「也不是。」
懷裡的人聽到他的回答心情好得過分，要不是啤酒沒辦法帶上山，他大概會想開酒跟他乾杯吧。
「那就是覺得受傷了？覺得受到刺激？」
「……也許是。」

「還真老實。」

「我一向都只說實話，很久以前就告訴過你了。」

✤ ✤ ✤ ✤ ✤

第八天的時候，進入了原住民的村落，也許是近幾年像他們這樣的人變多了，山地村落裡除了小小的雜貨店，也有可以讓三人過夜的地方。

「欸，兄弟，問你個問題。」

「什麼事？」

「你是認真的嗎？」

「看得出來？」

「……什麼、你，你不驚訝我會知道？說得這麼輕淡。」

「阿元告訴過我你跟你哥的事，在他失戀的時候，所以已經是很久前。別人不會發現的東西，只是沒想到，你的話也許有可能。」

「嘖，不可愛，我是真的在擔心你，你真的是認真的？我記得你沒有這種傾向。」

「……也許吧，我也沒想到有喜歡上男人的一天，被他改造了半年，自己是當事人，多少也可以接受了。」

「嗚哇嗯……你真的喜歡他那種傢伙？要甩掉他要放棄要劃清關係我都可以幫你，甚至可以幫你介紹更好的。」

「幹嘛那麼激動，他還挺可愛的不是嗎？尤其這幾天。」

「在山上他當然乖，他下意識很清楚我們拋下他會發生什麼事，等下山之後一定故態復萌。」

「行為上的話，我也這麼覺得，那不是一天兩天想改就能改的。」

「……什麼意思？」

「最主要的是心態問題，那傢伙……其實連他自己都不知道到底喜不喜歡，可以感覺出他花了很多心思精力在追求一個人，享受去喜歡一個人，被一個人喜歡的過程，但他其實分不清楚覺得有趣所以去喜歡一個人跟喜歡一個人、愛上一個人之間有什麼差別，至少我是這麼覺得。」

「所以這種人就是爛人！懂不懂啊你，對他而言這種事就像喝酒一樣，三分醉七分醒，既享受到喝酒的感覺又不會失態，能享受絕對不會喝到爛醉！那種想法跟行為根本就是一種惡習，與其說他知不知道，倒不如說他根本不會去想！」

「我知道。」

「你、你知道個屁啦！麻煩你醒醒，總不會你想來場大冒險吧!?」

「賓果，哪那麼容易放過他，有仇必報是我的原則。」

「少來，報什麼仇，你不放過他，人家沒玩夠不想放過你才是真的，你就不怕被吃乾抹淨？」

「他動作比你想的快多了，小汪……」學長一想起就不由自主的雙頰微紅，不過還是下定決心說清楚。「……不要想太多的話，其實還挺享受的。」

「嗚哇……你連這種話都說出來……所以要大反攻就是了？」

「怎麼，你有必要懷疑這麼多次？也太看不起人了吧，小汪，想拐彎抹角讓我幫你夾帶東西回去是行不通的，我早就答應你哥要盯著你。」

「什、什麼，你居然懷疑一個朋友的真心誠意!?」

「你是看上人家家裡的小山豬對吧？那種金色跟褐色相間的瓜皮紋？有沒有搞錯啊……」

……。

遠遠的，學弟看到學長跟小汪坐在村民自製的休閒桌椅前，很愉快的聊天喝茶。

到了這裡，解決住的地方之後三人就輪流痛快的洗了個熱水澡，也如他所預料的，等他洗完出來之後學長跟小汪都已不見身影。

身體沾染著水氣與暖意，讓心情也更為放鬆感覺良好，待在住宿地點很無聊，所以出來走走……看看這裡的建築和居民，順便看看人到哪去了。

也不是特別想找人，只是村子太小太單純，看到小山豬也只覺得看起來可愛也許肉不錯……只是走著走著就找到人。

明明就不遠的距離卻有了遙遠的感覺，感覺很微妙，也很有趣……也許，就像有人在驚悚與恐懼裡享受刺激，挑戰極限，所以他才能覺得有趣嗎？

不知道。

走過去，小汪先發現了他，兩人有些吵鬧的對話嘎然而止，然後才是學長順著回頭，笑著招呼他過去。

「你應該也逛完一圈，有看到什麼有趣的？」學長把自己涼了一半的茶推給學弟，自己拿起另一個杯子，提起炭爐上的茶壺重新倒了一杯。

觸摸著杯子的溫度，學弟臉上的笑容不自覺的柔上了幾分，彷彿飄盪著酒香的醉人氣息，讓小汪看著眼前的兩個人狂皺眉頭。

「嗯……小山豬吧，學長應該也有看到，很有活力，還滿好玩的。」

「那隻啊，是挺可愛的，雖然也不是非常少見的東西。等等就要吃晚餐，就坐著吧。小汪，你上次的小米酒是跟誰買的？現在想喝水以外的東西，最好就是你上次的小米酒。」

「就是現在邀我們過來吃晚餐的這家釀的，不過那個不賣，今天因為我跟他們一家是朋友，所以我們三個都有得吃，酒實在不好意思跟人家要，不過我想晚點他們自己就會拿出來，說要買他們會覺得太見外。」

而事實上，小汪剛說完，酒就先出現了。然後才是熱騰騰的飯菜，台啤跟小米酒很快就堆滿了三分之一張桌子，因為主人很高興今天來了相當能喝的客人，基於對自己家裡的小米酒信心以及自豪，空酒瓶於是乎迅速的在桌腳累積。

……難怪學長會念念不忘。

桌上的食物裡只剩下下酒菜和酒，附近吃完飯的人聽說有很能喝的都好奇地過來看看，雖然未必會灌酒，但學弟對他們的勸酒也不拒絕，看著他們又倒空了一個酒瓶，在舌尖滑動的香甜滋味就讓人心情愉悅。

甜甜的味道，喝起來順口不膩，不算濃郁的香氣在入口後變得鮮明，後勁還真的頗強。

早知道剛才就別喝啤酒，明知道自己是喝啤酒才容易醉……應該學學長跟小汪那樣，稍微節制點，疲勞的時候喝酒容易醉，不該太高估自己。

一邊想著又輕輕的嚥下一口，其實難得喝到這個程度，學弟並不討厭……輕暖微醺的感覺對酒量好的他來說是難得體會的享受。

而現在這樣剛剛好。

學弟放下酒杯，表示不再喝，而是想回寄宿地點休息，引來沒把他灌醉的村民們的不滿，學長跟小汪則是表示想多坐一下，等等也許還會出去轉轉。

這讓他有些猶豫，留下來就得被灌酒，堅定拒絕很傷和氣，表示喝不下則是多少還得喝一點，不管哪個結果他都無法跟著那兩人到最後。

……把人留下來？

想留下學長的衝動在腦中一閃而逝，然後又被輕輕的否決，這麼做既傷和氣也很奇怪，更何況是自己要先走，他沒有留下學長的理由。

跟他們告別，回到住的地點，房間裡一片漆黑，窗外的星光和月光卻很驚人，風時強時弱的吹動，令喝完酒有些飄飄然的身體覺得非常舒服，很多事情是明知道不可以或是不好還是會去做，現在也是。明知道這樣容易感冒，還是會想靠在窗邊吹風，聽著人類才會有的熱鬧聲響和掠動的風聲，在月光流轉裡都寧靜過了頭。

漸漸的睡著了。

然後，是感覺到了什麼，所以朦朧的轉醒，才意識到自己曾經睡著的這件事，風還是在吹，剛喝完酒很暖很暖的感覺漸漸淡去，但仍舊舒服的不想張開眼，知覺，卻還是緩緩的轉為清醒。

他是被吻醒的。

舌尖溼暖的感覺伴隨著手指碰觸皮膚的知覺，舒服愉悅的令人嘆息。

略微鬆口，回吻，任由對方啣住自己的舌頭輕輕吸吮，舔過齒根與口腔，酥麻的感覺一路竄動至小腹，但他還是沒動，只是回應著，細細的水線自嘴角滑落，呼吸沉重混亂。

喘息著，手指輕緩的滑進衣領內，有些冷……分開到能看見彼此的距離，結束了一個吻，才感受到呼吸聲是何其的凌亂明顯。

「……你連看都不看的嗎？」

學長跨坐壓在他身上，視線由上而下的問著，聲音輕輕的，有著沉穩的冷靜，映在眼裡的神色也是，清冷的盪漾著光芒，月光映著半邊臉，長相不算清秀的臉在月光下也顯得秀麗了。

像是責問的問題裡沒有生氣的意味，所以他輕輕地在喚醒他的唇上又烙下一吻。

「……除了你，還會有誰？」

學長的手勾著脖子，環住自己，剛分開的距離又拉近了些，現在自己的視線是由下往上，學長半年來不曾剪過的頭髮垂在臉上，涼涼的，有些癢，想要撥開頭髮的手卻被制止，帶往腰處。

於是他環住對方的腰，緩緩的移動，撫上背脊，讓那透過衣料漸漸升高的溫度煨暖雙手。

「不是很讓人滿意的答案，勉強及格。」
「好嚴格……最近，你真的不太一樣了……」
然後學長輕聲的笑開了臉。
「這不就是你要的嗎？學弟……感覺如何？喜歡？不喜歡？」
感覺很微妙……但這是我要的嗎……？
「喜歡，很喜歡，不然不會想抱著你。」
「哦？可是，那不一樣。」
感覺到學長的手指滑過臉頰，在自己的唇上遊走留戀。
「不一樣？」
眼前的臉又靠近了幾分，透著光芒的雙眼彷彿在黑夜裡燃燒，可以看見對方瞳孔裡倒映的自己。那種認真專注的眼神勾魂奪魄，會讓人迷失在那眼中想傳達的事物裡。
「我喜歡你，學弟，很喜歡，喜歡到會對你產生慾望。」
被壓低的溫柔聲音一字一句的說著，只有自己能聽見的音量很清晰的傳達著想要表達的意念，認真得讓人恐懼顫慄……而另一種近乎於喜悅的快感隨之迅速的竄動蔓延著，高昂得令人困惑，卻無法令他放手別開視線。
雖然矛盾，但他很喜歡剛才那一瞬間的感覺。
「……這樣的喜歡，你覺得一樣？」
「……不一樣。」

「那麼，喜歡嗎？你又究竟……想要從我這裡得到些什麼？你曾經在我耳邊喃喃低語的東西，都已經得到了，那現在，你想要什麼？」

想要改造一個人，你已經做到了，希望我喜歡你，現在我喜歡你了，可是，然後呢？

聽出學長話裡的意思，學弟仰首回視，輕輕的沉默著，想著自己也許會迷戀剛才的那一瞬間，困惑著自己還想得到些什麼。

想要他……原本以為是喜歡，因為有趣所以喜歡，因為喜歡所以有趣，碰觸他，引誘他，改造他……結果原來，終究只是自己怕無聊嗎？

「真懷疑你以前都碰到些什麼人……還要去想的壞人不合格。」

這次換自己輕輕的笑出聲。

「又一個不合格啊……」

「……想不出答案，要不要試著用我的方法？也許能讓你感受到額外的樂趣……」

靜靜聽著，學弟渾然不知自己臉上的笑容是多麼的柔和放縱。

「也可以……像是什麼？」

學長的手探進衣服裡，或輕或重的撫摸挑逗著。

「要試的話得要乖乖聽話……至少你得聽一聽想一想……而現在，我想要你。……讓我做練習？」

「真難想像你說得這麼露骨……不過，你會嗎？」

怕冷的學弟騰出一隻手，反手拉上窗戶，室外的聲音瞬間消滅遙遠。

「大家都是成年人了嘛，這算什麼……我不會的話，你不會教嗎？」

✤　✤　✤　✤　✤

「……欸，然後？所以咧？」

「不知道……有種精神比肉體還累的感覺，疲勞無法恢復。」

「太虛了，什麼精神比肉體累，你是體虛氣衰弱吧!?」

「想死的話我幫你，實驗室裡的東西任君挑選。」

「不用了，我對目前的生活很滿意。所以你跟你家學長去山上度過了十一天的健康生活，除了疲勞你也沒變健康嘛，你家學長呢？你們也算是去渡了個小蜜月嘛……」

「那算哪門子的小蜜月。」

「嗯嗯，我現在開始佩服你家學長了，自從你開始追他之後，我看到了很多難得一見的奇景呀，就跟你說會有報應的吧!?啊啊，還是我應該帶著供品去參拜一下？」

「哼嗯，上次去我實驗室的人是你吧，真遺憾我沒能好好招待你，禮尚往來，等等我就去你實驗室，好好的補償補償。」

「對不起，大哥，我錯了，麻煩你千萬不要，我們老闆今天心情很不好……」

「哼。」

「……欸，所以呢？你到底追到你家學長沒？你到底喜不喜歡他？總不可能什麼事情都沒發生沒進展吧？」

學弟無言沉默著，想起學長在月光下沉靜認真的雙眸，光華流轉，獨有的語氣在柔緩裡有著清冷的堅定，輕輕緩緩清清楚楚。

喜歡，而且很認真，跟以前聽到的感覺大不相同……有些……驚惶，似乎是高興的感覺像火一般的燃燒蔓延，讓他困惑迷惘。

原本以為喜歡就是喜歡……

他不喜歡陷自己於困惑徬徨中，但是那如火焰般的感覺卻讓人著迷，不想太早抽身。

『……如果覺得無聊，就試著放棄理智，放棄理性，臨場感能增加歷程的樂趣……太多餘的會讓你像在山上一樣可笑。』

現在事情有點反過來，學長咬定自己絕不會臨陣退縮，只要事情還有趣，想讓他放棄就不容易……

他對學長的喜歡跟學長對他的不一樣，而現在，有人想讓他也嘗試到箇中的不同，只要稍稍放棄理智與理性。

「欸欸，在想什麼？算了，不想說就算了。」

「也沒什麼。」

兩個都不放棄是不可能的，就像是那晚喝酒那般，留下人，那些叫做理智與理性的東西會很自然的隨著時間一點一滴的流失，放棄人，放棄那份樂趣，時間是無法回到起點的，在同一個實驗室裡，其實也很難。

喜歡嗎？

喜歡，而且，也許比自己想的還要多一點，不管是哪種方面他都無法放棄，好奇心可以殺死一隻貓，而現在，他很好奇學長究竟會怎麼做，自己究竟會變成什麼樣子。

如果有報應的，他想看看那是什麼樣子，即使現在的好奇心也許會帶來無盡的麻煩……

第十一章　年末的節日

那之後，學長告訴學弟另一件事。

一個人太慣於掌握現況，有時是一種很糟糕的壞習慣……而學長覺得學弟在某些方面已經走火入魔。

那怎麼辦？

當學弟帶著笑，柔聲地在學長耳邊詢問，學長耳根微紅著拉開距離，要他多裝傻多聽話，還要有問必答。

……這有點難。

些許的沉默思考後，學弟那依舊愉悅柔和的嗓音，很認真的說了實話。

沒關係，我們有的是時間。

學長輕輕揚起的笑容有點痞，甜甜的，很認真也很可愛，甚至帶上了些柔媚動人的韻致。

學弟但笑不語……算是達成了共識，另一方面，某些事也因為某種程度上的共識而降低了節制。

十二月底，老師回來了，實驗室看起來是重新恢復了往日的狀態，但事實上每顆心都是浮動的。

年底，除了商人的陰謀聖誕節，還有一個就是跨年，年底的兩大重頭戲都很遺憾的在老師回來之後才正要開始。

實驗室裡的學姐們都沒有男朋友，同學則是狀況不明，再加上又有實驗……老師回來之後唯一確定的就是聖誕節那一天，不可能跑太遠玩太瘋，不然會出問題……因為現在的聖誕節不放假，所以不管是平安夜還是聖誕節，老師都會想看到跟平常一樣多的人出現在實驗室裡——老闆通常是不管你究竟要不要去約會，今天是星期幾，他只會記得你欠了他幾個實驗，哪幾個實驗的數據沒有出來，以及所有他希望能在今年結束以前讓你做出來的東西。

因此之故，很久沒那麼專業的實驗室又專業了起來，所有的機器都處在滿載狀態，實驗數據像噴泉般不斷湧現，老師感動的眼淚都要掉下來。

這是大家的企圖。

沒有時間就擠出時間，想玩的話就是要玩，等學弟從實驗的數據裡抬頭，學長和學姐A子告訴他，聖誕節決定開個火鍋大會，而根據分工表，學弟很榮幸的擔任火鍋會大廚、食材明細與資金管理者，以及場地的提供者。

「好極端的分工表，首先，為什麼去我家？學姐家比較近吧？」

學弟看著學長跟學姐，挑眉接過了叫做分工表的小紙條，表情似笑非笑。

「是比較近，但是我那裡什麼都沒有還比較小，沒有地方讓大家聚在一起吃火鍋。」

學弟看著學長的笑臉沉思著，其他的學姐住宿舍，沒機會……學姐Ａ說家裡什麼東西都沒有，有可能……學長家？那些高級品經不起這些女人的折騰。

「……交通自理，」學弟抬眼看向張口正要說話的學姐Ａ子，「想坐我的車，請付油錢。你們應該是一開始就打算我開車載四個，學長的摩托車塞一個，學姐Ｄ有摩托車還可以載一個，所以剛剛好，對吧？」

……沒錯……然後學姐Ａ子開始傻笑，該著他說沒關係沒關係啦，然後問他有沒有其他問題想把單子抽走。

學弟漂亮的手指穩穩拿住了薄薄的紙張，抽都抽不動。

「慢著。」

「唉呀，學弟，還有什麼事嗎？」

相較於學弟優雅卻高姿態的笑容，學姐的笑容就比較諂媚打混……只是，在學弟正要開口之前，伸出了另一支手，輕易的拿走了原本夾在學弟指尖上的紙條。

「學、學長？」

Ａ子呆呆接著學長遞來的紙條，不敢相信這麼容易就拿回來了。

「沒事，學弟逗你的，剩下的我來解決。」

學長氣質從容的打發走早想逃跑的Ａ子，一回頭就看見，學弟眼神閃爍明亮的微笑，輕柔的衝著他笑，淡淡淺淺的帶著點縱容的無奈。拉過椅子，坐在學弟旁邊，學長跳錯拍子的心跳裡其實有些得意，人能為了什麼而妥協改變都是因為心裡在乎，而學弟也許比所意識到的部分更在乎自己的意見。

「怎麼，這麼不滿意？」

「……想辦火鍋會我可以理解，」學弟把學長往自己拉的近一點，彷彿享受著氣息因鄰近而相融合的感覺，「……我本來還想多玩一下，你太快把人趕跑了。」

「……你那愛整人的習慣也要改，很多事說開就好，不要什麼都先玩再說。」

「說了我還是要做吧？火鍋會的事。」

學弟看著學長因為自己老實承認在整人而皺眉的表情，輕輕的笑著，低下眼，拉過學長閒置在腿上的手，用嘴唇輕觸磨蹭，感覺微涼與微溫的熱度漸漸趨同升高。

手指碰觸間傳來的酥癢感麻麻地竄過背脊，汗毛彷彿都豎了起來，學長想抽回手，動作卻顯得無力……還有那麼多人在，被看到連該怎麼解釋都不知道……。

「……沒錯，因為我不想吃難吃的東西……你該放開了吧？」

原本碰觸的動作在暗地裡悄悄的踰越，指尖傳來口腔溼熱感覺，學弟很安靜輕巧的含弄著學長的手指，細細輕輕的舔著，像貓一般……微微抬起的目光含著笑意，沒有停下來的打算……學長止也止不住的細微顫抖以及那錯亂了的脈搏呼吸都騙不了人。

卻還是漸漸淡去手上的力道。

學長察覺力道減去，飛快的收回手，強自冷靜地打量著周圍的狀況，換來學弟悶悶淺淺的笑聲。

「……還是在山上的時候比較可愛。」

學弟聽見學長嘟嘟噥噥的抱怨著，輕輕笑著的臉湊了上去，滿滿都是頑皮又討好的誘人表情。

「你沒有要我停……學長，是你叫我要聽話的。」

「什、什麼？」嘖……學弟自從發現用言語不起作用之後似乎都變成直接動手……

「要不要誇獎我？」

笑笑的溫柔表情很欠打。

「哦……那你今晚讓我上完之後我再大大的誇獎你好不好？」

「不好。」

「剛剛不是還很聽話？」

「你捨得讓我那麼聽話？」

……唔……

聽見學弟的反問，心情複雜，怎麼回答都不對……他一開始就不全是這種意思，抹煞一個人的個性也不是他的本意。

又被整到了。

「學長這麼介意的話，下次不會了，至少人前絕對不會。」

學長本來正不甘心，有些小意外學弟極其自然的，平和肯定的保證著，表情一點也不像在開玩笑。

「……好詭異的感覺。」

「我不想被討厭，學長，尊重是很基本的吧？」

「那你那時候……」你那時候明明什麼不尊重的都做過了吧!?

「那不一樣，那時候你又不喜歡我。」

學弟笑笑的離開位置，學長才發現開好購買清單的學妹正往這裡走來，才發現幾乎忘了時間……頗為懊悔，學長心裡私下決定，下次在實驗室跟學弟對話的時候一定要設Timer，不然一整天的實驗計畫一定會完蛋，絕對做不完……

✤ ✤ ✤ ✤ ✤

看到朋友與其情人感情融洽的出雙入對，學弟偶爾也會感到羨慕……因為那裡面有著從未感受過的東西，因為自己身邊的關係從未持久過。

因為自己是個膽小鬼，總是只把心放在安全的距離跟安全的地方。

學弟其實明白自己的從容來自於距離而非頑強。因為心是安全的，所以不管碰到什麼都能見招拆招，傷害與疼痛實際上從未達到應該傳達的地方。站在半個旁觀者的立場，很安全，很愉快，但其實也很寂寞……日子久了，連當事人自己都不明白，心中偶爾浮現的淡淡空白是不是叫寂寞。

明知道這樣下去不行卻還是換了一個又一個的對象，每一次的好聚好散都讓空白變的更加清晰。

學弟不記得自己究竟是何時起變成這個樣子，生活的愉快讓他對此沒有任何不滿，但意識到這件事卻讓他覺得遺憾，那是種缺乏與不完整的感覺，彷彿他是個有缺陷的瑕疵品。

被迫考上研究所的時候，他本想給自己兩年的時間，就像朋友說的，別再荼毒他人……保留時間讓自己學會如何對他人寄予心思，改進慣於安全置身事外的壞習慣，也許就不會再感受到那種也許叫做寂寞的感覺。

可惜計畫永遠趕不上變化。

覺得有趣而去逗弄，因為喜歡所以想要得到，然後在學長說著不一樣的認真笑容裡心情複雜。也許現在正發生的就是報應，是在安全裡逃避寂寞與無聊的報應，但他其實一點都不想放手……比起學長讓他無法逃脫的心思笑容，幾經思考之後，卻發現捨不得的是自己。

他喜歡學長看待真心喜歡的事物時，那無比認真的專注眼神，而且，一直，都很羨慕。

……然後他發現學長也許比他自己還了解自己。

被迫提早回家整理環境和冰箱的學弟蹲在冰箱前，輕輕的苦笑著，想起稍早之前的承諾，以及跟朋友聊天時的事情。

要踏出那個界線，每個人的步伐都是一樣的顫抖……他應該放棄的不是理性，而是防禦……讓人得以跨入自己也能走出去。

只是壞習慣很難改過來。

冰箱裡的瓶瓶罐罐發出輕微的碰撞聲，學弟把那些東西重新排列之後又靠邊推，把今天先買回來的一些東西整整齊齊的放進去，順便預留將要放滿的必需空間。

還有一年半的時間，給自己一個機會，試著去做到以往做不到的事……雖然，不習慣裡也有淡淡的不安，這全是自己以往討厭並且避免的，但如果對象是學長……除了有趣，也許會有出乎意料的答案。

想著，學弟不自覺的輕笑出聲，抓住想撲進冰箱裡的小花貓，關上冰箱門……正計畫挪動客廳的擺設時，門鈴聲近乎突兀的響徹室內，學弟微愣的盯著聲音的來源，慢慢的走向門口，心裡想著會是誰跟不會吧兩種截然不同的期望。

「動作好慢。」

打開門就聽見的抱怨聲很熟悉，讓學弟忍不住低低柔柔的笑著，明知道笑出來會挨罵……但真的好可愛。

然而學長什麼也沒說，既沒有生氣也沒有不滿的碎碎念，表情很柔和。

「……抱歉，學長，怎麼了？」

「你剛剛的笑容不錯。」

學弟呆了一下，學長嘴角上揚的簡單微笑裡並沒有任何多餘的含意，感想很純粹，微笑也是因感想而愉悅滿足的笑容。

美麗得讓人想做些什麼。

察覺自己思考偏離常軌地在動搖著，學弟苦笑，把門又推開了些。

「……學長怎麼會想過來？」

「想看看，所以就下來找你，不方便？」

「不會，請進。只是等會也許會有些混亂。」

讓學長進來，關上門，拿出拖鞋，這是學長第二次來他家。

「嗯？你東西還沒整理好？我記得你這裡還滿整齊的……」

學長穿上拖鞋脫下外套，看著眼前跟記憶裡一樣整齊的客廳，發出小小的疑問。

「只整理好冰箱……剛剛正在思考要不要挪動一下客廳的擺設，我怕人多坐不下。」學弟相當順手的接過學長的外套，掛在衣架上。

「……接得真順手……」學長喃喃半諷的說出感慨，在確定學弟確實聽到後露出愉快的笑容。「還有兩天才是火鍋會，不急吧，坐不下就坐地板，反正有鋪地毯。」

「……我就是想把地毯收起來……」雖然一般來說女性吃東西會比男性文雅有節制，但是預防勝於治療，他一點也不想在最後把地毯送去乾洗。

「真是，以此類推你根本放什麼都怕弄髒，不用收啦，多一事不如少一事，發生再說。」學長輕鬆的攤坐在沙發上，拍了拍身旁的位置叫學弟坐下。

「……。」乖乖坐下的學弟腦中快轉著各種不盡理想的解決方案，還是想把地毯收起來。

「聽話。」

學長伸手轉過學弟的頭，直視對方的雙眼，然後，學弟輕輕的閉上眼，握住捧著自己兩頰的手，細細的嘆了口氣。

「我知道了，就維持原樣吧。」把頭埋進學長的懷裡，傳進嗅覺裡的淡淡香氣讓他知道學長是洗過澡才來……突然覺得好想睡，矯正壞習慣出乎意料的消耗精神，人就在眼前的時候更是加倍疲勞。

蹭了蹭，學弟不由自主的自喉間逸出嘆息，然後感受到學長因此而起的反應，細細的顫動和背上傳來的力道都像是種邀請……但這不是學長的本意，明天還有實驗，對學長還不習慣的身體也許是種負擔。

什麼都不能做，只能努力的控制、放鬆自己的身體……難得切換成反省模式居然就受到這麼極端的考驗……

「……學弟？」

學長不確定的輕聲細語在耳邊響起，自己這麼抱著似乎讓他不知如何是好。

「……嗯？」

「不高興？」

「想睡……」悄悄的增加手中的力道，不願學長輕易的鬆脫逃跑。

「啊、是嗎，抱歉……我沒注意到，那我回去了。」

學長隱含歉意的聲音裡有著羞赧的味道，小小的擔心……也許是想來幫忙整理的……學弟掛著笑容的臉隱藏在學長的針織毛衣裡，其實很高興。

而學長則發現窩在他懷裡的學弟像隻甩不掉的章魚，懶洋洋的樣子卻不知道他想幹嘛……

「學弟？」

「嗯……」

「你不是想睡了？那就……」那就放開我回床上睡啊……我很有說晚安的誠意的……

「……我想撒嬌順便睡覺……」折衷一點，循序漸進，今晚抱著人睡就好……

「欸？」好、好奇怪……雖然還滿可愛的但意義不明……

「……陪我睡，床夠大的，學長已經洗過澡了不是嗎？」

「……純睡覺？」
「學長若有額外計畫，勉力為之也不是不行啦……」
「純睡覺，」學長的聲音有些彆扭，摸著自己頭髮的手卻既緩慢又輕柔，然後彷彿輕輕的聽到嘆息。「……我還沒刷牙。」
「我有新牙刷。」真糟糕，好想笑。
「……你該不會想睡這裡吧？」
「不是。」
放開人，站起來，學弟才深刻的體會到兩個人抱在一起有多溫暖。
學長耳根微紅的笑臉有著溫柔而滿意的神色，看得出來很高興，卻不知道為什麼。
「……似乎有在反省的樣子？」
「……嗯。」學弟拿起學長的外套跟裝著熱水的保溫杯，將客廳的燈切換成夜燈。
「為什麼？」
「嗯……」笑笑的側著頭，往寢室走去，想不出哪個才是答案，但是感覺良好。
「真是，還要想……處罰，下禮拜我想吃奶油螃蟹。」
「……怎麼突然就變成吃的呢……」學弟苦笑著，將新的杯子與牙刷遞給預定下週美食的學長。

✤ ✤ ✤ ✤ ✤

人無完人。

實驗還沒做完兩天就過去了。火鍋會的那晚，當大家聚在學弟家客廳的桌子前伸出筷子，眼巴巴的看著水緩緩地浮起小小的泡泡，放入雞湯塊，進入準戰鬥模式時，身為屋主的學弟展現了令人意想不到的一面。

「學姐，水還沒滾，東西不要放。」

「這個是誰放的？這不能煮那麼久，快拿起來！沒人？那就學姐你吃吧。」

「綠色蔬菜等湯全滾了再下，妳們是白痴嗎？」

「學姐！肉不要一次放太多，然後又把煮老的肉堆給我！」

「是誰偷偷在底下埋冬粉跟烏龍麵!?要就快拿走！不要做了又不敢拿！」

「學姐，沒本事就拿湯匙舀，筷子拿得那麼爛！」

「把木棉豆腐的水擠掉，不要一口氣倒下去！」

……。

……。

「……學弟，你好像老媽子。見鬼的囉唆規矩多……」學姐B為民喉舌，嘴裡咬著顆燕餃，手裡端著碗，一邊說一邊往遠離學弟的地方閃。

「……什、什麼？」老媽子？整理鍋內的長筷有些驚愕的停下，學弟抬頭望向說話的人，皺著眉頭。

啊啊……受傷了受傷了……說話打結了欸……

學長坐在學弟旁邊，嘴裡咬著學弟沾過蛋白刷燙得柔嫩可口的肉片，一語不發，心裡笑到快內傷。

B子從別人的碗裡搶了塊肉往嘴裡塞，繼續往後閃。

「本、本來就是！大家吃火鍋開開心心，幹嘛那麼講究，東西熟了就能吃，沒全熟也能吃，實驗室都呆那麼久，還有在怕的嗎⁉」

「什麼講究？是妳們連煮東西的常識都沒有好嗎？我還想吃人吃的東西。」

學弟努力恢復冷靜，被人稱作老媽子似乎對他打擊不小。

「什麼不是人吃的東西？明明就能吃！火鍋這種東西本來就是水開了東西扔下去，滾了再通通努力的吃掉，哪那麼麻煩，豪邁的給他吃下去就對了！」

……沉默……屬於野獸派的B子跟屬於古典派的學弟從一開始溝通就不會有交集，抱著至少要吃飽的想法，幾乎每個人都選擇保持沉默低頭猛吃。

唯有學長掛著微笑，嘶的一聲打開可樂，給自己倒了杯適合看戲的八分滿。

「……好吧。」

一陣死寂之後，學弟如此說道卻站了起來，轉身往裡面的房間走，當大家還以為他氣到甩手不吃了，學弟卻又從裡面搬出一張約與客廳茶几等高的小桌。

「學……學弟？你要幹嘛？」C子看學弟整整空間放下桌子，轉身又要去拿東西，忍不住惶恐的問著。

「再開一鍋。」

學弟聲音平淡，很快就拿著鍋子、電磁爐、以及一壺開水走回小桌，把原先那一鍋湯分了一半重新補水，於是很快就出現輕滾著水氣的另一鍋。

「學弟，你做什麼搞分裂？不爽就說！」

「沒有，學姐，我哪有生氣，不過就是吃的嘛，何必在平安夜吵架？再開一鍋比較方便。」學弟一邊說著，一邊優雅流暢的把食材排進大滾的鍋子裡，再把火調整到略小。

然後學姐們看到學長轉移到學弟那張小桌，一臉愉快的一口一口喝著可樂。

「學長～！你怎麼坐過去了！我們這邊不好嗎⁉」

「沒啊，這裡鍋子近，學弟顧鍋子的話我只要負責吃就好，想吃你們也可以來打游擊，並沒有嫌棄你們的意思啦！」

然後學長看似公平公正的話讓在場的女性們注意到了一件事。

「……好奇怪啊……學長？」

「奇怪什麼？」學長咬了口刻得漂漂亮亮的大朵香菇，細細的嚼著，心不在焉的回著話。

「你跟學弟……怎麼散發出一種神妙的……理所當然？」而且還不是哥兒們的那種，比較像是……男女朋友？……一個夾菜一個負責吃，一個有什麼計畫另一個就負責分擔，詭異的笑容跟眉來眼去間就解決的事情……噓寒問暖負責接送，三餐點心加消夜……一個看到什麼買了什麼另一個一定也會有一份……？

怎麼一想起來就發現事情不是一次兩次？

話音剛落學長就從嚼香菇變成咬舌頭，疼痛感讓學長發出細細悶悶的聲音，眉毛中間皺成深深的川字型。

「咬到了？要喝水嗎？」學弟聽到聲音，放下碗，發出詢問，完全無視學姐們剛才的疑問。

「……嗚嗯……」好痛……

學長用手捂住嘴，吐出舌頭用手指探了一下，果然見血……難怪會那麼痛……

很不痛快的接過水，喝起來除了淡淡的血腥味就只有冰涼的感覺，學長含了兩口水覺得沒問題，又喝兩口可樂試了試，刺刺淡淡的痛。

「怎麼樣？」

「沒事。大家繼續，看我幹嘛？」

女性們的表情微妙中帶著惶恐，剛剛發生的事也許隨便換上兩個人都不會很奇怪，可是學長跟學弟的那一幕就是有問題！那個聲音氣氛讓人寒毛都豎了起來……

「……學長，雖然我們都覺得絕對有問題，但也許我們都錯了……」

「啥？」

A子的表情有些慎重，讓拿著碗正打算喝湯的學長不自覺的縮了縮。

「你該不會……跟女朋友分手之後自暴自棄，就跑去當同性戀，結果現在跟學弟在一起吧？」

自、自暴自棄!?

「誰自暴自棄啊!?」不過跟學弟交往的確有那麼點……

「啊啊，學長，別激動，別激動啦！我們沒有其他的意思，只是……只是隨便說說！開個玩笑啦，哈哈哈……」A子一邊乾笑著安撫學長，一邊瞄著在學長盤裡填滿食物的學弟，然後，她發現學長跟學弟交換了眼神……

學長半放棄的閉上眼，很輕微的點點頭，假裝是在低頭喝湯，而重新對上她眼神的學弟，一臉笑容又皮又壞心。

不、不不不會會吧⁉真的假的⁉

「學姐，為什麼學長跟我交往算是自暴自棄？」

學弟低沉美麗的聲音優雅而愉悅，一字一句清晰無匹的擊碎在場所有女性的大腦迴路。

然後女性們也就很自然的切換到安全模式。

「唉呀呀，學弟，就跟你說是開玩笑，並不是說學長在跟你交往或是跟你交往不好，沒有其他的涵義啦！所以……所以，那個什麼自暴自棄當同性戀是類比、類比！玩笑話聽聽就算沒有任何特別的地方啦‼」

「哦……」學弟彷彿恍然大悟，緩緩點頭，拉長的單音節裡一絲一毫信任誠意都沒有。

「可是，怎麼辦，我們真的在交往呢……」

輕輕柔柔的聲音裡有著困惑委屈，強烈動搖聽到聲音之人的意志，侵蝕入骨……雖然只要仔細聽就會發現隱藏得不太用心的笑意。

於是，女性們現在明白了，聖誕夜驚魂裡，收到錯誤禮物的人們，究竟是怎麼樣的心情……因為一定是跟她們一樣。

大家努力的拿穩碗筷，不知道該說什麼，A子對於差一句就能帶開的話題後悔萬分，很多事心照不宣，就是千萬別說開……讓她現在完全不知道該怎麼辦……

也不知道學弟跟學長為什麼非要說出來，心裡懷疑，曖昧不明，多少事可以永不踏出實驗室的大門，永不跨越座位間幾塊磚的距離，笑一笑喝個飲料，什麼都過去了。

「學、學弟，別裝了……這這個玩笑不好笑，別老是逗我們。」F子巍巍顫顫的放下碗筷，垂死掙扎，只要學弟點頭說是玩笑，轉得再硬都能帶過去。

「……我想那應該不是玩笑。」平時就很認真沉穩的G子，認真說出大家一直不想承認極力忽略的事……認真魔人就是這種時候最可怕。

無聲的吶喊遙遙迴盪綿延不絕，學弟很難得的沒有補上臨門一腳，帶著笑保持沉默，什麼解釋都沒有。

而學長看著她們的表情，很平淡，很擔心，彷彿有些後悔。

「……學長……你真的……？」B子艱澀的問，然後開始咒罵自己要笨幹嘛問。

被詢問的人只是笑了笑。

真是一個微笑勝過千言萬語……看到微笑的女性們大都陷入不知道該厭惡同性戀很噁心很討厭變態不正常，還是其實好像也沒什麼反正是別人的事……

一群女性不知所措的不知道該怎麼辦，連該表現出哪種表情反應都不知道。

「……學長？」

聽到學弟呼喚學長的輕柔聲音只有更加不安而已，完全無法預測學弟要說什麼。

「嗯？」學長嘶的一聲又緩緩的嚥了口湯，小小一口吞的很慢很慢。

「想笑就笑出來。」學弟捧著碗，拋下話後也慢慢的喝了一口。

學長聞言默默的捂著嘴，撇過臉，幾乎看不出來有在抖動的肩膀終究還是顫動著，還是忍住沒笑出聲。

於是學姐們爆發了。

「媽的咧學長!!這樣不好玩～～！笑屁啊！還笑還笑！剛才那個氣氛是什麼鬼！我們真的被嚇到了好嗎!?開那什麼爛玩笑！」

學姐們七嘴八舌的暴走咒罵，學弟跟學長兩人哈哈大笑笑得東倒西歪，完全停不住。

「不要再笑了～你們兩個!!這種嚇人的玩笑不適合聖誕節!!平安夜就要平安度過！」爆走的B子沒辦法對學長大不敬，只好惡狠狠的抓著學弟領口用力扯。

「呵嗯……抱歉，我笑了，可是學姐，」

學弟笑笑的拿開抓住自己衣領的手，一句可是讓學姐的理智稍稍復位。

「啥？可是什麼？」

B子看著學弟燦爛可愛的笑臉口氣兇惡，自己火大的時候特別討厭看到別人對你笑，尤其學弟根本就笑得一肚子壞水。

「我是說真的。既不是在開玩笑也沒有鬧妳們的意思，笑出來純粹是因為妳們剛才的表情太有趣。」聲音愉悅柔和，笑臉還是很討厭，但學弟的表情裡就是沒有開玩笑的意思。

「……可是學長之前明明有女朋友……他不是……」他不是超正常的嗎？熱愛美女美胸美腿跟短裙細肩帶，喜歡夏天的比基尼，看到正妹明明很自然的就會有愉快的反應啊……

「學長很正常，未來看到美女也許還是會兩眼發光心情愉悅，只是，現在他屬於我，追求他的人是我。」

學弟優雅的表情語氣裡有著小小的得意，學長則是有些尷尬害羞的轉移視線，努力的不跟她們對上眼。

「所以學弟你是真正的……也就是說……對女性完全沒興趣？」本來很複雜的心情，在看到學長害羞尷尬的表情以及泛著薄紅的耳根臉頰，在場的學姐同學突然也覺得好害羞……莫名奇妙……怎麼有種眼睛不知道該往哪看的感覺？

「嗯。」學弟看到女性們直白的表情，雖然覺得非常有趣，但學長暗地裡拉扯他衣角的動作，還是制止了他繼續作弄人的想法。

「所以學長現在真的……交往中？你喜歡學弟嗎？」

「……嗯。」學長不是很亮的聲音清晰而肯定。

「……嗯，那進行到哪種程度了？」學姐中最為沉默寡言的D子，難得的在聲音裡攙入打趣八卦的味道，很認真很認真的問。

除了D子之外的女性瞬間倒抽一口氣，沉默，顫抖的看向她。

「妳妳妳……妳在說什麼啊啊～!?」

「什麼什麼，不認識都可以一夜情了，有交往的不做才奇怪吧？」D子語氣理所當然，算是在場唯一不受動搖的人。

「什、什麼做不做、他們、他們兩個……」

「所以？妳們知道我也是同性戀，怎麼妳們的反應就沒那麼激烈，照道理妳們應該怕我遠勝過他們。」

是、是是這麼說也沒錯啦……可是可是可是可是……

「妳這種說法實在是……」雖然不算露骨但我們也承受不起……

而學長則驚訝的發現，現在說的是他從不知道的事。

「……我從來不知道她……學弟，你知道？」

「知道，同類嘛，多少有感覺。不過現在似乎變成了聖誕節實驗室祕辛交流大會？學姐們離題的功力還真是非比尋常。」學弟一口一口咬著鬆軟綿密的芋頭，學姐跟同學聚在一起竊竊私語的景象，讓他既感慨又好笑。

「笨蛋！不要說！」

學長很小聲的喝止學弟，可惜音速每秒也有超過三百公尺，一兩張桌子的距離就跟沒有時差是一樣的。

於是學姐們表情微妙的目光全部回到學長跟學弟的身上。

稍稍咳了兩聲，被推為代表的A子盯著這兩個人，慢吞吞的開始反映民意。

「首先，嚴禁兩位在實驗室出現任何刺激去死去死團團員的行為，我們不想看到任何有礙觀瞻的行為。」

學弟微微挑了眉，學長根本就以為聽錯了。

「……第二，請將這件事完全限定在實驗室就好，連一絲一毫的流言都不要傳出去。」

「然後？」

A子狠瞪學弟泰然自若的表情，覺得這個無視她們精神上衝擊的人類欠打至極。

「……我們會努力試著以平常心跟你們相處，雖說現在世風開放……請給我們一點時間……有D子的前例，應該也許不會太久。」

「妳們……」都已經做好某種程度上的心理準備，學長沒想到還能有這種結果，說不高興絕對是騙人的。

聽到學長的欲言又止，女性們溫柔的朝學長綻放笑容，然後在面對學弟時迅速切換成兇惡的表情。

「學弟，聽好，我們今天是看在學長的面子上，如果是你個人的問題我們絕對二話不說亂傳流言孤立你!!」

「什麼話，學姐，我可是你們可愛的學弟欸，怎麼突然就翻臉了？」

「開玩笑，你平常欺負學長全當我們沒看見!?而且你追到學長這件事情罪該萬死!!這世界一下子少了兩個好男人你知不知道!!混帳！真他媽的王八蛋!!學長原來是正常的啊啊啊啊～～～!!」涵養堪稱優良的F子，在學弟得意的笑容下理智瓦解，說出眾女性心裡一直不斷重複的OS。

「啊，這樣啊，真是抱歉，有水果跟蛋糕，學姐要不要吃一點？」

「什、什麼……!?」沒誠意的道歉之後接的是水果跟蛋糕，F子的大腦跟不上變化，瞬間呆滯。

「啊！我要吃！學弟請客嗎？」B子聽到有甜點雙眼發光，根本什麼都忘了。

「我請客，那學姐們先清一下桌子，我把東西拿出來。」

學弟說著站起來，學長也跟著放下碗。

「我來幫忙。那學妹，這一桌也麻煩妳們了，每個人都要蛋糕嗎？」

女性們半嘖半噓的嚷著，要切蛋糕的達人學長大人給她們一人一塊美麗的蛋糕，然後支撐起愉快的氣氛收著桌子。

學長走進廚房時，學弟正在準備盤子。

「怎麼不等我端出去就好了？」

學弟看到學長走近身邊，回頭輕輕的問著。

「……我待不下去。」

接過盤子，學長才發現自己的手在輕微顫抖。

「……已經沒事了。」

學弟把頭靠向學長，枕在肩上，溫暖的溫度與氣息交換傳遞，學長才發現學弟沒有外表那般的毫不在意。

「……嗯，跟想像中的不一樣……很擔心？」

「我很習慣，但你不一樣。」

未曾移動過的重量自肩膀沉澱在心裡，學弟的回答讓人既溫暖又難過。

『我很習慣』聽起來是多麼壓抑麻木而無所覺的藉口。

學長低頭排起盤子、緩緩切著蛋糕，帶著複雜的微笑久久無法言語。

「學弟……」

「什麼事？」

「你的頭好重。」

然後學長感覺到肩膀上傳來的顫動和悶悶淺淺的笑聲。

「學長？」

「嗯？」

「聖誕快樂。」

客廳整理東西的聲音漸漸平息，有些遙遠，學弟輕柔卻平凡的節日賀詞在心裡成為真實。

微笑浮上嘴角，側首輕輕磨蹭，感受學弟頭髮微涼而輕軟觸覺以及皮膚的柔暖滲入身體。

「聖誕快樂，學弟。」

✤ ✤ ✤ ✤ ✤

一個聖誕火鍋會並不能改變研究生還是得進實驗室的事實，於是昨夜今晨還看到的人，今日白天依舊還是會在實驗室看到。

唯一的例外是學長並未出現。

學弟悠然的身影出現在自己的座位，拿著紙筆計畫調整下禮拜的實驗流程，塗塗改改，反覆確認實驗步驟和時間流程，以及其他是否有可能遺忘的東西，然後再重新繕寫在記注日期與簽名的實驗紀錄簿上。

學姐同學們看在眼裡，腦袋裡想的全是D子昨晚沒被回答的問題，雖然有一種想也知道是為什麼的感覺，但還是好想問為什麼。

可問了又實在是……

「欸，學弟，學長呢？」身為實驗室八卦負責人的B子，超級難得的在八卦時一臉尷尬靦腆。

「哦？終於問了啊，學姐，我還在想妳們能忍多久。」聽到問題，學弟從紙張裡抬起頭、停筆，笑笑的聲音滿是揶揄。

「什、什麼？什麼叫終於！可惡，居然欺負學姐！叫你說就說！說話多一句幹嘛!?」

「是是～～～。」

「那個長音真討厭！還不快說！」

「學長說他今天要回家，所以不來實驗室，我走的時候他在收拾東西。」

「嗯？學長要回家啊……所以……是今天？」學姐E子手指敲著下巴，努力回想著學長的行事曆。「真好啊，老師準了他十天假，一定要在MSN[11]上堵他，叫他帶禮品回來送我們！」

「沒錯沒錯沒錯！他家不是有牧場？乾脆叫學長扛頭羊回來啦！不然快想想紐西蘭還有什麼特產可以叫他帶回來!?」

「……紐西蘭？」學弟正準備重新把腦力投注在實驗上，學姐句子中的地點，讓他頓了一頓，再次回頭，語氣質疑。

[11] MSN：一款即時通訊軟體，現已停止服務。

「是啊是啊，所以學弟你沒去送……你不知道？」學姐A子瞄到學弟的表情，完全沒有笑意的嘴角微揚，看起來很不妙……

「不知道。妳們全部都知道？」

柔和的嗓音省卻敬稱，轉過椅子的身形優雅溫和一如往日，在場的女性們卻有種很危險的感覺。

「……嗯。」

怯怯的，被推上去回答應聲的是同屆的女同學，應該是美麗的臉填滿了小心翼翼的惶恐。

「都知道學長家在紐西蘭，都知道學長聖誕節後請了十天假？」

「……嗯。」

女性們現在了解了被蛇盯上的青蛙是什麼心情，即使如此還要被蛇嫌棄不屑也很可悲……

「原來如此。」

學弟臉上的笑容略掩在手指之下，彷若沉思，然後就轉身重新開始剛才未竟的工作。

「學弟？」

因為座位在學弟旁邊跑都跑不掉的E子，心有疑慮的輕聲探問。

「嗯？」

「你在生氣？」

「沒有。」

「……真的沒有？」騙人，學弟，你知道你平常八方不動的面具現在是什麼樣子嗎？

「總會回來的。」

學弟平穩的聲音亦如平日裡所聽見的那樣，卻缺少該有的張力與色彩。於是女性們決定保持沉默，暫時當個比較有樣子的研究生，地雷沒事就別亂踩。

學姐與同學們各自散去，回到實驗或是電腦前，室內又恢復到安靜的狀態。

學弟不覺得自己在生氣，但現在的情緒的確少有的在起伏著，然後在一筆一劃的繕寫間漸漸失去了原先的冷靜，心神浮動。

怎麼想都覺得學長一定是故意的。

橋時間，訂機票……這種年末時節的來回機票甚至比暑假還難訂，也就是說，老師出國以前學長可能就已經請好假，跟老師說好進度以及回家的事，在老師訂機票的時候就已經順便訂好自己的機票……

少說也是一個月前就決定的事……所以說是忘記了？

……不可能，因為今天早上學長的選擇不是不說，而是只告訴自己要回家。

學弟很勉強的在一心二用下寫完實驗紀錄，校對著……然後，涼涼的把完全對不出個結果進度的紙張揚手輕輕灑在桌上，支著頭，聽著看著紙張散落的景象聲音。腦袋裡一面很薄弱的想著再不集中注意力實驗放槍沒辦法重來的慘劇，一面清晰的告訴自己這沒有什麼，考慮著是否該出去吹個冷風清醒一下。

也不懂這卡在心裡的感覺是什麼……明明沒有需要介意或是在意的，又不是不回來……只是明知如此還是有種不愉快的違和感。

以前也從不覺得自己會在意這種事……事實上是也不曾在意過，向來不太過問別人的行程私事是種習慣，為自己跟別人都保留點空間，這樣的感覺比較好……自己並不喜歡那種如膠似漆太過黏人的關係。

什麼事情都問的清清楚楚，既失去了距離也失去了尊重，然後接下來大概就會覺得對方面目可憎了。

……以往的對象沒有在這點上抱怨過，而且也覺得那種小家子氣的行為不符合自己的風格。

如今，自己也沒有太過問學長的事，而僅是藉由聊天多多少少的交換彼此的事。

結果卻是被人輕描淡寫一語帶過。

雖然說不說是個人自由……學長的確沒有非得告訴自己的理由，自己也沒有一定要知道的權利。

……卻有種被晃點或是被整的感覺？我會這麼反常的一直在想這種小事，是因為清楚意識到學長這件事是故意的？

不想在意，沒什麼好在意的，計較這種事情毫無意義，氣量狹小又顯得沒度量……可是完全不在意好像很奇怪。

我應該對這件事情感到生氣或在意嗎？

……我應該介意或計較嗎？這是學長的期望？

讓我介意這種事到底有什麼樂趣……

「有誰要喝茶嗎？」學弟輕輕嘆了口氣，離開座位邊走邊問，思考結束後心情似乎變得比較平穩……還是有點煩躁，就像喉嚨裡卡著根魚刺，吞不下去又吐不出來，但你就是清楚它在那裡。

也許這根刺在你吞下下一口食物的時候就會順利離去，也許多嚥兩口水也行，但刺曾經在喉嚨中停留的感覺卻會留存很久。

我我我的回應聲讓學弟計算出份量，傾注熱水，怕燙的人卻喜歡水氣裊裊暖暖蒸騰翻滾的樣子，感覺連心都被蒸熨得柔暖平靜。

只要等待就好。

決定這是沒有需要在意之事的學弟，在茶香飄盪間靜靜給自己一個微笑，估算那個一定得回來的人回來的日子，然後告訴自己危急問題的首位是他明天的實驗，該做的還是要做。

然而，其實，這樣的反應，就叫在意。

對別人敏銳對自己遲鈍的學弟壓根沒有發現，在他重歸平穩的思緒裡其實介意極了。

接下來的六天，實驗室學姐與女同學們日子過的如坐針氈，雖然實驗室裡的氣氛平靜到了極點。

……就是太平靜了才有問題，平靜的像灘死水。

女性們暗地裡偷偷打量正在劃菌的學弟，修長手指的俐落動作仍是如同之前記憶裡的優雅，表情沉靜專注，正在粹取的蛋白質還在冰上緩慢的濃縮著。

資料櫃上吸附的三個Timer穩定走向各自的終點，略有差距，三個實驗全是學弟正在進行的實驗。都排的很剛好，有點多……但還稱不上太滿，跟學長出國之前比起來，學弟也不過就是在這個禮拜多加了一個實驗。

學姐們回想起三天前學弟連做三天的蛋白質粹取失敗的那晚，傳真紙上低落毫無起伏的數值就像她們嚴寒的心情，大家當然都很同情實驗失敗的學弟，即使這個傢伙之前好狗運的從未失敗過。

但是當時她們只感到恐懼。

學弟帶著手套的手指輕輕敲擊桌面，另一手拿著數據，細細、緩緩的，一行、一行的慢慢看……篤篤篤的敲擊聲是那深夜裡唯一的聲音。

沒有吶喊，沒有抱怨，學弟臉上的飄渺微笑依稀可見，她們甚至無法分辨學弟那個是不是殺氣。

每個人都很擔心學弟新仇舊怨一起來，遷怒放火燒光實驗室。

還好學弟沒有那麼做。

他只是緩慢優雅的細細撕碎手中數據，輕輕將它扔進垃圾桶，然後收拾東西。

拿起背包，回家，不發一語。

真的非常恐怖。

學弟平常就非常穩定的情緒在學長不在的六天裡，更是缺乏起伏。雖然還是有說有笑，也會整人，偶爾刻意表現的誘人微笑以及其實非常細心體貼的行為全都沒變，但學弟懶得掩飾的眼神裡卻始終是毫無起伏。

連茶的味道都變了。

比起之前學長在的時候那般的清甜醉人，現在的味道則是濃郁卻充滿後勁，甚至帶點淡淡的澀味，仍然很好喝的茶風格卻截然不同。

而今天現在已經是十二月三十一號的晚上，做實驗的學弟正在清理收拾著無菌操作台，晚一點大概就會知道重做的蛋白質粹取結果會如何。

「……學弟？」

「學姐不是要去跨年？再不走就沒車也沒位子，什麼都不用玩了。」頭也沒抬的學弟，帶著笑意的慫恿著，然後飛快的按掉只響了一聲的某個Timer、把plate塞進培養箱，戴上手套走向另一台儀器。

「……那……那我們先走囉……你實驗早點作完也早點去跨年，掰掰，新年快樂。」

學姐們眼見學弟沒有多談的意思，再加上也實在不知道該說什麼，只好飛快散去奪門而出。

再五個小時就走過一年，實驗室裡連老師都不在，除了自己之外空無一人。

好安靜。

學姐們方才關門的聲音還殘留著，又好像過了很久，日光燈讓實驗室泛著刺目的慘白。

學弟知道自己的惡劣在最近有表象化的趨勢，有些東西在不知道為什麼的時候失控了。

將儀器裡的資料存檔，學弟看著時間最近的一個Timer還要二十二分鐘，最久的還要四十五分鐘就覺得很無聊。

想吹風，所以稍稍打開窗戶，打開網路收音機，在風聲裡聽廣播，半發呆很無聊很無聊的聽廣播，就算笑點比沙鍋大他還是無聊的笑不出來。

等待時間，什麼都不想做也不想看，捧著根本就不會喝的熱水吹冷風，彷彿空白的大腦裡卻飄搖模糊的瀰漫著很多很多的東西。

回憶真是種麻煩的東西。
有些冷的風讓他想起了月亮。
手中失去熱度的杯子讓他想起過去半年來隨時都碰觸得到的體溫。
以前也曾碰過的試探在面對學長的時候發生了作用。
不是因為天氣太冷，也不是因為無聊，是比那時候覺得學長有趣可愛、追求，還要純粹的心情。
就只是很單純的希望他在身邊，當初半玩樂的心情已經不見了。
第一次失控，第一次去在意一件小事，第一次還怒別人……
第一次在這樣的狀態想念一個人，想到不知不覺倒數日期的自己就覺得很愚蠢。
真的想念那個得到他那麼多第一次的人。
那些曾經非常非常討厭無法控制的狀態感受，已經不是那麼重要了。

✤ ✤ ✤ ✤ ✤

離開只有一個人的實驗室回到多了一隻貓的家裡，牆上的時鐘已經十一點十五分。給了牠一點貓餅乾，換了貓砂，洗個熱水澡。
當學弟拿著手機和酒走進書房，窩進沙發上的毯子裡時，時間走到了十一點三十五分。
他默默的看了下面板上的時間，把手機放到座充上，再二十五分鐘大概就會收到損友們無聊又白爛的新年短訊……

手機的來電鈴聲讓學弟花了點時間才接起它。
「好久不見。」
熟悉的聲音很愉快，卻又沉穩柔和。
難得的在接電話的時候不知道該怎麼回答。
「……嗯。」
聽到回應，電話彼端傳來輕輕的笑聲。
「很生氣？」
「沒有。」
「我是故意的。」
「……我知道。」
「感覺如何？」
學長的聲音因為自己短暫沉默的反應而又柔和了幾分，小小的心機，有些柔媚動人。
「很不好。」
如此被問，花了點時間，還是老老實實的在嘆息裡說實話。
「知道為什麼嗎？」
「好像曾經知道……現在又不是那麼確定了。」
「哦……學弟？」
「嗯？」

「如果你沒有反省，也許我不會下定決心這麼做。」

「……什麼？」

「因為那樣你一點感覺都沒有。」

學弟仰躺在沙發上，陷入沉默，夜空上的月亮看起來又小又遠。

「不會受到刺激意味著你不會感到困擾，不會焦躁，不會不安，對於等待不會有緊迫感，不會生氣也不會憤怒……連期待都是早已知道的事。」

「……所以？」

「所以你很無聊、很無聊，逃避到最後連這些感覺是什麼都忘記了，可是我不一樣，學弟……我們不一樣。」

「我們一直都不一樣。」握著手機的指尖漸漸冰冷僵硬，熱水殘留在身體裡的熱量緩緩失去了作用。

「你連謊言都是真實的，完美到連你自己都被欺騙，然後這就是你對待我的方式，把你過去六天感受到的東西加倍再加倍，就是你過去數個月曾經給我的東西。而且，學弟，聽清楚了，我很清楚我現在的對象是個男人。」

「你生氣了。」

「廢話，你那天晚上的說法完全漠視我的決心，我從來不曾用任何理由去分擔我現在愛的是個男人的事實，你這種態度彿都有火。」

「……」

「你說個對不起是會怎樣啊笨蛋。」

「我很抱歉，真的。」尤其想起電話彼端的表情，就算明明是被罵被抱怨，嘴角還是不自覺的上揚再上揚。

「嗯。」

「然後我們現在可以對等一點了……你不要總是把話留給我說懂不懂？」

「有在反省嗎？」

「讓你不安了，對不起。」而且我曾經視那為理所當然……你所傳達的跟我以為的曾經毫無交集。

學長的聲音在道歉之後安靜了好久好久。

「紐西蘭現在如何呢？」

「太陽很大。學弟？」

「嗯？」

「今年就要過去了……」

「是啊……」難得的心裡有些遺憾。

「還有三十秒，要不要來開門？」

「什、什麼!?」

電話彼端傳來奸笑聲。

「逾時不候喔。」

還有三十秒，要不要來開門……？

學弟在短暫的呆滯之後翻身坐起，扔下手機就往門口衝。

猛然開門。

穿著毛料長大衣的學長靠在門邊的牆上，蓋上手機，僅僅六天不見的微笑，柔和美麗得讓人懷念。

方方的行李箱就停在學長腳邊。

一開始就計畫好，在跨年的夜晚在門口打電話給自己。

學弟有些挫敗的垂下頭，讓學長看得好開心。

「好準時，學弟，新年快樂。」

然後學長看到學弟反手在他面前迅速的關上門。

「你幹嘛!?關什麼門！」學長一腳踢過行李箱卡住門，伸手用力把沒關上的門扳開。

「新年快樂，回去。」

學弟半放棄的看學長把門又拉開，表情裡一點笑容都沒有。

「你以為我飛了大半個地球是來聽你這句話的嗎？」

「回去，我今天做了一整天的實驗。」

「很累？太遺憾了，我坐了一整天的飛機精神超好，給我進去！」學長很流氓的用力推著學弟肩膀，然後在學弟重心不穩向後退的時候把自己跟行李箱都關進門裡。

回頭還沒來得及罵人就被學弟壓在門上，眼前完全不笑的表情充滿了各種被壓抑的情緒。

「……你認為我為什麼叫你回去？」

學弟冰涼的指尖輕柔的畫過臉頰、眉角、嘴唇……然後滑進圍巾底下，扶著腦後，拇指緩緩輕輕的撫摸按壓著喉結與下頷。

「因為你很生氣。」

「不是。」

學弟飄邈而低沉的聲音很輕柔很輕柔，臉上重新浮現的微笑看起來非常壞心。

「你很生氣。」

「好吧，我很生氣……但這只是一小部分，學長覺得還有什麼？」

「你笑得很壞心。」

學長仰頭看見學弟越來越溫柔燦爛的微笑，那又甜又膩的笑容看起來非常情色。

「非常好，學長……因為我現在最想做的事，就是毫不溫柔的發洩一下，而我不想破壞我向來紳士的風格……」學弟拉長的語尾隨著手的動作而延展，輕輕解開了學長頸上美麗而昂貴的圍巾。

「……現在，要不要考慮打開你背後那扇門回去休息？」

學長聽到最後幾句之後輕輕瞇起了眼。

「你認為呢？你認為我會怕？」

「看起來很不像。」

學弟非常非常愉快的笑容有些殘忍，一直都是劇毒的低沉笑聲在聽覺與身體裡引起共鳴。

「為什麼一直趕我？」

「因為有不想讓你看到的東西。」

「我就是為了、唔……」好卑鄙……

學弟炙熱的吻粗魯的覆蓋在唇上，不溫柔的動作卻非常準確的挑起情慾，以及烙印在身體裡的記憶，學長伸手捧住學弟的臉，毫不示弱的回應，讓體溫攀升的更高更快。

明明呼吸困難還是不想分開，向房間移動的路上衣服一件件的落下也沒有分開，就算動作已經稱不上溫柔了也無所謂。

即使溫柔也是一種傷害，它安全的美麗只是表象而已，其實不那麼溫柔完美也沒關係，那段距離之後的真實不如謊言所節錄的美麗也沒關係。

如果因為軟弱恐懼而不想讓人發現，那麼悄悄讓我知道就好了。

知道學長的意思，除了高興，隨之而來的溫柔情緒以及想粗魯對待把人弄哭的嗜虐心止也止不住。

「……你變壞心了……」

戴上保險套，把人壓在床上，看著學長喘息的臉，自己也在喘息裡嘆息，沒有暖氣的室內卻一點都不覺得冷。

「……你以為是誰害的……哈嗯……」

學弟啃上學長的咽喉，頸後，抱怨中斷……侵入口腔挑弄的手指慢慢攪動出水聲，銀色的光澤在手指動作下閃爍移動。

「是我。」所以我好得意啊，學長。

學長沒有遺漏學弟輕聲肯定裡的得意與佔有慾，體溫不自覺的又往上飆，落在鎖骨與胸口的吻很舒服，說要粗魯的人結果還是很溫柔。

忍不住輕輕笑了起來，然後在學弟疑惑的目光裡，迅速翻身交換了位置。

撐起身體俯視著壓在身下的學弟，除了那瞬間的驚訝，學弟滿布情慾的臉上帶著難以言喻的笑意，用著令人窒息的誘人眼神看著他，彷彿微微失了神。

原本以為會學弟掙扎，正想開口，指尖略微冰涼的手拉下頭，媚惑瘋狂的吻濃厚深入，要不是腦海裡還殘留著問題，也許會在唇舌糾纏索求間窒息瘋狂。

「……被人需索是種榮幸呢，學長……」

學弟扶住自己的頭，輕輕啃著耳廓慢聲細語，溼熱的氣息以及身下胸膛的輕微共鳴，一切知覺彷彿都轉換成慾望，傳達給身體的某個部位。

學長發現學弟在用不同以往的方法誘惑自己。

「……曾經教過你的還記得嗎？」

低沉誘惑的嗓音愉悅溫柔，用更小聲的氣音告訴自己潤滑劑在旁邊的抽屜裡。

學長低頭咬上學弟喃喃低語的嘴唇，手向下撫摸套弄著自己也有的那個部位，在學弟受到刺激緊繃的身體上以唇舌增加更多的刺激。

究竟記得多少很快就知道了。

✤ ✤ ✤ ✤ ✤

縱欲過後的結果是很累。

學長已經不記得在睡著之前究竟做過了幾次，只依稀記得學弟反身把自己壓在床上之前的事……總之現在趴在床上動都不想動，人雖然是醒的，卻很虛脫。

但是很愉快，光是學弟在慾望裡維持清醒卻又縱容自己所作所為的臉，就足以讓臉上的笑容停不下來，難以忘記那總是理智的臉數度失神的表情。

「在想什麼？」

學弟拿著簡單的食物和水走回房間，臉上也看得出疲倦的神色，只是不像自己動都動不了……

學長一瞬間有些不甘心，雖然早知道高下差距很明顯……

「現在幾點了？」

然後把東西放在床頭櫃上的學弟嘻嘻笑著，俯身在學長發問的唇上啄了幾下。

「那很重要嗎？要不要再睡一下？」

學長趴在床上接過水，礦泉水淡淡的甜味冰涼的滑過喉嚨，學弟的手則是不斷的反覆滑過頸後與背腰，酥麻柔暖的感覺簡直令人抓狂，卻又無法狠下心去阻止他。

「……不要再摸了……我只是，想知道時間而已……」

收回手，學弟的笑臉還是有點壞心有點欠打，卻多了種透明感，比以前的笑容更讓人無法移開目光，也更順眼。

「那麼，就沒有知道的必要……反正你哪裡也去不了。」
學弟拿走學長喝乾的水杯，然後把毫無抵抗能力的學長帶進了放好熱水的浴室。

第十二章 中國年

朱紅的紙展開在桌面，修長的手指輕輕撫過。

玄黑的墨跡，點落，持執狼毫長鋒的手沉穩流暢，紙與墨的香味飄散在空氣中，紅與黑的畫面呈現古樸瀟灑之美。

「欸，哥？」

呼喚聲並未停止持筆者的動作，筆鋒間隱藏的蒼勁氣勢埋伏於筆劃裡，飛白走過殘紅。

「什麼事？」

「老媽要我上來問你春聯寫完沒，她想叫你去洗門窗收衣服，把和室整理一下打個蠟，來得及的話順便洗一下樓頂的水塔。」

「你去做。」被自家老媽吩咐寫春聯的學弟，正提筆寫下老媽拿來送朋友炫耀之用的第十二副春聯，十四字的長聯，要這副聯的八婆家裡是做生意的，上下聯的內容沒品到了極點。

篆文墨黑的字體充滿力道，也不知是因為功力還是生氣。

聽到哥哥如此回答，弟弟並沒有因此露出苦惱之類的表情，嘴角反倒淺淺上揚。

「媽說如果你這麼回答，就叫你下去洗菜拔豬毛，廚房還有一堆事情要忙。」

「小婷呢？」聽到弟弟所轉達內容，做哥哥的臉上終於浮現煩躁不耐的苦惱表情，打算拿自己的妹妹去廚房擋一下。

「我在這裡！」

「你們兩個……」

妹妹笑嘻嘻的清脆聲音自身後響起，寫完上聯的學弟終究還是認命的嘆氣擱筆，抬頭，小自己三歲的弟弟以及小五歲的妹妹全湊在桌子旁，妹妹手上的三個大馬克杯全散發著甜甜的熱氣。

「來，哥哥的熱巧克力，我用黑巧克力加牛奶融的，哥哥還是一樣討厭甜食吧？」

「沒錯。」為了方便寫字而站著，坐下之後就感受到疲勞，手上的熱飲是體貼的妹妹算好時間做的吧，熱暖的溫度一點都不燙。

見哥哥坐下來休息，哥哥眼中的兩個小鬼頭也拉了椅子，圍著桌子聚在一起。

「現在是幹嘛？」啜飲著巧克力，抬眼就看到弟弟和妹妹很高興的一邊看著他，一邊翻看著另一邊已經晾乾的春聯。

「哥好久沒回來了，難得看到很開心……啊，哥，你很久沒練字喔，變醜了。」

「囉唆！研究生哪來那麼多時間。」

「哪有，小哥，大哥的字明明就很好看，你不會寫還亂批評！」妹妹拿著字聯左看右看，怎麼也不覺得醜。

「哼，隨你說，反正是你不懂啦！」

本來差點又要跟妹妹拌嘴的人，在哥哥掃向自己的目光下乖乖閉嘴，悶悶的喝著自己的那杯巧克力。

「哼，有什麼了不起！不過啊，大哥，還好媽在樓下，現在這樣安安靜靜的聚在一起好好喔！」

「這倒是，如果在餐桌上聊天的話，最後幾乎都是媽的聲音……話說回來，你們兩個該不會想等我把媽交代的東西做完吧？」

「呿，老哥，除了水塔和打蠟，我們兩個都弄完了啦！」

「那就是只剩打蠟……水塔我早上換盆之前就洗完了。」還有春聯……心裡計算著時間與工作的學弟打死不想進廚房，他還真擔心到時後拿起菜刀不是切菜而是砍人，他老媽吵死了。

「那個，老哥？」

「嗯？」

「對不起，手機的事。」

「啊，那個啊，沒關係，就算你沒傻傻的給媽騙，她也會想辦法拿走我的手機。」

「我們兩個……」瞄了妹妹一眼，「把手機偷偷拿回來了……不過，可能……」

妹妹拿出的手機是關機的狀態，學弟在開機確認之後確定了弟弟欲言又止的部分。

「嗯，她把我的電話簿全砍了……喔，倒是還剩下家人跟實驗室學長姐和同學的電話。」

弟弟妹妹看到哥哥無所謂、甚至有些得逞愉快的笑容，一瞬間明白了些什麼。

「哎呀，大哥，你這次的對象是實驗室的人啊⁉」

兩個小鬼頭一臉詭笑的八卦神情，眼裡卻是真的很有興趣很關心的眼神。

「是啊，怎麼，不阻止我？有個同性戀大哥可是會被人當成超級瘟疫給疏離，被波及到可是很悽慘的喔。」

「你是很棒的哥哥欸，遠超出一般水平，雖然老哥你小時候心血來潮就拿我做實驗，有時候不是替我背黑鍋，就是讓我背黑鍋……啊，好像我背的次數比較多？反正也不差這一次啦！而且連老媽的碎碎念都不能阻止你了，我們算什麼？」

「就是說嘛，我最喜歡大哥了，同性戀又不是什麼大不了的，只能拿這種東西歧視他人的傢伙才可悲！」

「……你們兩個真的是大學生跟高中生嗎……？」

心裡很高興，嘴巴上還是半點不饒人。三兄妹聚在桌邊交換著各自學校的趣事，聊到自家老媽忍無可忍的聲音自樓下傳來才散會。

✤ ✤ ✤ ✤ ✤

自從國中時，學弟將樓頂原本當倉庫的兩個房間大整理之後，樓頂那個跟爸媽二樓主臥一樣大的房間就變成他的私人空間，連飲水機小冰箱等電器都有，因為有電腦，接個電視盒就能看電視。

最主要是他能離家人遠一點，小時候是弟弟妹妹很皮很煩，長大之後則是老媽太囉唆。

學弟擺脫母親大人的魔音洗腦回到房間已經是十點半，洗完澡躺在床上，想了想還是拿起手機撥通電話。

「喂？還沒睡吧？」

「哦，好久不見？」

電話彼端的聲音不知為何聽起來很愉快，自己失聯了近一個禮拜，還以為學長也許會不高興。

「你聲音聽起來好高興，發生什麼事？」

「啊，呵呵……嗯、等一下，好了，我在看片，還蠻好笑的，怎麼了，聲音聽起來好累。」

「過年要大掃除，今天被逼著寫了大概一整個社區份量的春聯，連手機都是老弟剛幫我偷回來的。」

嘆息聲傳到電話彼端，學長先是笑，然後是驚訝。

「……手機？這個意思是……被沒收？你們全家都知道你的性向？」

「是啊，電話簿被殺光光，只剩下實驗室跟家人的部分。」

「那你的家人……」

「我媽超級反對，我爸是放任態度，弟弟跟妹妹則是順其自然，放心，他們還不知道你的事。」

「這樣啊……那麼，你呢？最近如何？」

然後學長聽到了學弟輕輕淺淺的笑聲。

「被你這麼一問什麼都好了，你現在是一個人？」

「在爺爺奶奶家，兩位老人家都已經睡了，怎麼？」

「因為我在想像你的表情，覺得你旁邊沒人會安全點。」

「那你就、那你就不要每次突然爆出一句肉麻曖昧的話！我的表情是拿來玩的嗎!?」

「我好想你。」

電話彼端一陣沉默，學弟帶著微笑想像那熟悉的臉雙頰緋紅的模樣。

「你這傢伙……」

光是想到學長不甘心的羞窘表情就覺得好可愛。

「你呢？」

「……沒有。」

學長嘴上堅強，真聽到電話彼端溫柔低沉的笑聲卻懷念不已。

「這樣啊，所以學長現在人在台北？」

「嗯，你要來台北？你媽這種態度你還出得來？」

「不用擔心，後天下午可以嗎？」

✤ ✤ ✤ ✤ ✤

當後天兩人在台北碰面的時候心情都非常複雜。

「我們這樣……算約會吧？感覺好微妙，還是說很居家？」學長看著傳統的巷弄裡人潮洶湧萬頭攢動，明明是比往年還要寒冷的氣候，在這裡卻有悶熱的感覺。

「真是抱歉，非常不好意思，我媽要來迪化街，結果注定我們只能順便約會了。」

雖然在外欺騙長上玩弄學姐欺負學弟妹，但學弟就是對自家的娘親一點辦法也沒有，跟平常同學朋友眼中從容優雅的大魔王形象完全不同。

現下滿臉煩躁困擾，手上拿著清單的學弟，一邊撥著頭髮道歉一邊把學長拉到人稍少的角落，這樣子的學弟對學長來說其實很新鮮。

「是也還好，至少我看到你了，而且我沒來過迪化街，所謂的辦年貨就是像這樣嗎？」

學長靠得很近的微笑透露著興味盎然與毫不在意，讓學弟一瞬間有些痛苦……他很清楚老媽就在人群裡的某個角落，而在這中老年人居多的地方，兩個男人的曖昧舉動很容易就會渲染成大騷動，尤其還有寫著春節文案的記者混雜在裡面。

學長略略仰頭看著學弟，臉上掛著微笑，站著不動的兩個人在人潮流動推擠之下，很自然的越靠越近越擠越邊。

「怎麼了？」

「沒事，」其實我好想吻你啊學長。「那麼就邊走邊逛吧，東西都是可以試吃的，再順便把我媽交代的東西買齊。」

學弟拉著學長的衣角通過人與人之間的縫隙，靠近攤位，騎樓底下堆滿了拆封攤開的乾貨，他們好不容易抵達的第一站滿滿都是各式各樣的乾香菇。

「今天只有你跟你媽兩個來？」

「不，我弟跟我妹在我媽那裡幫忙拿東西，其他東西就是我負責。」

「你有要買香菇？」

「沒有，我要買的是這些。」

學弟說著將清單遞了過去，裡面的項目很明顯的以零食居多。

「為什麼你要買這些？」

「過年總會要放點零嘴，而且實際上這些才是最重最麻煩的，走吧，還是你想看香菇？都可以拿來聞聞看，有的店家還會泡香菇茶。」

「不，不用，只是，你為什麼要拉著我的衣角？」學長貼近學弟耳邊，小小聲的問著。

「人太多了，」學弟一邊把學長拉的離自己近些，一邊移動到下個攤位，「拉你的手，我怕你不習慣，而且這邊婆婆媽媽很多，小心點總是好的。」

學弟帶著苦笑的聲音微微拉開了距離，在實驗室那種封閉的環境裡，學長幾乎忘記了人群對同性戀的批判往往是狹隘而殘酷的，即使批判的人根本不知道自己在批判什麼。

心情好複雜，學弟謹慎小心的溫柔卻又讓自己非常得意且愉快。

「你以前都這樣帶人出來約會的嗎？」

正在試吃肉乾的學弟劇烈咳嗽，店家看他咳的太厲害，給了一杯溫水看看噎到的客人會不會好一點。

「咳、咳……什、咳、什麼？」學弟硬是勉強自己吞下一杯水，摀著嘴，咳嗽減緩，但還是停不下來。

「老闆，這個半斤。」學長咬著學弟沒吃完的牛肉乾，掏出錢向店家買了半斤，又開始試吃魷魚絲，一邊伸出左手在學弟背上拍了拍。

「學長？」

「好一點了？」說著把手上的魷魚絲遞過去，「這個你覺得如何？」

學長笑笑的把東西遞到眼前，學弟幾經掙扎之後終究還是先試吃魷魚絲，面無表情的吞下，跟店家買了之前試吃的蜜汁豬肉乾後迅速拉著人擠往下一家。

「學長……你、」

「為什麼突然這麼問？我不問比較奇怪好不好，而且我還是第一次碰到，會在這種像傳統菜市場一樣的地方約會的對象。」

然後學弟一副受傷很深頭很痛的的表情。

「真抱歉，我也是第一次，我承認以前有交往的對象就像學長以前也有女友一樣，但再怎麼說也不會沒神經到帶人來這裡約會，來這裡根本是折磨自己。」

「這麼乾脆？」

「說沒有也太矯情了。不過，比起那種被商人洗腦的形式，我覺得，學長應該會更喜歡有趣的東西？」

「是這麼說也沒錯……嗯？那是什麼？」

『各位小姐夫人！喜歡有興趣的都可以拿起來試吃看看！試吃看看！儘量吃！道地的高級澳洲鮑魚！吃了就知道！絕對高級！不用擔心不會料理！我們這裡有兩種包裝，保證可以讓大家都美美的輕鬆吃年夜飯！……』

學弟看到那種一堆女人的攤位根本就不想靠過去，學長卻拉著學弟湊過去似乎覺得有趣的樣子。

然後拿起小竹籤吃了一小塊，皺眉。

「這根本就、唔嗚嗚嗚、……」

學弟沒有理會學長的抗議與掙扎，一邊暗自慶幸剛才一開始站的位置就比較後面，一邊摀住學長的嘴把人拖離攤位。

「學長應該聽過國王的新衣吧？能說實話的只有不懂事的笨小孩，別礙人財路，在這裡，假貨也不只是一兩樣。」

被學弟箝制阻止半拖半拉，本來有些不爽，但學弟湊在耳邊訴說原因的低沉聲音很認真，柔暖的氣息帶起一陣酥麻，讓學長停止了抗議與掙扎……體溫稍稍升高了點，也許臉紅了……現在這樣是怎樣？該不會這麼容易就起色心了吧……

查覺到手裡不再掙扎的人與略略升高的體溫，學弟輕輕的笑了笑。

「學長好色。」

貼在耳後，輕吐氣息，然後學弟相當乾脆的把人放開。

「什、什麼!?誰好色!?」拉開距離的學長不自覺的摀著耳朵，「剛才是誰說在這裡要小心的!?你剛才這樣算什麼!?」

學弟給了他一個極其溫柔的笑容，又在發現什麼之後比了個噤聲手勢，接起了手機。

「喂？啊，媽，什麼事？還剩一半左右，對了，老媽你確定你要買昆布糖嗎？去年根本沒人吃，」然後學弟把手機拿離耳朵，又重新靠回去，「好啦，少買一點，核果跟蜜餞……嗯嗯，要車鑰匙⁉我現在怎麼走出去啊⁉你們買完了要去永樂……什麼隨便買一買！媽，你到時候就不要吃的時候又一直唸一直唸！我現在在哪裡？幹嘛？你要弟弟過來拿鑰匙？我看看……我在……」

交代完地點，掛斷手機，學弟嘆了一口氣，拉著學長靠牆站，自己揀了幾顆隔壁攤的腰果，試吃了一顆之後皺起眉頭，卻抓了一把給學長，然後又試吃起一旁的松子杏仁核桃，乾無花果和一看就很甜的糖漬栗子也沒放過。

學長咬著腰果，很快就明白學弟給他一把的原因，這個很甜，腰果本身也夠香。看著學弟皺著眉頭嚐了糖漬栗子，把剩下的半顆遞給他，然後迅速的開始結帳就覺得很有趣。

學弟現在一定很想喝水吧……討厭甜食的人卻被迫不斷吃甜食，不用想都知道學弟他母親絕對是故意的。

想著，淺淺的笑容自嘴角揚起，趁學弟結帳的時候向一旁的茶葉攤要了一杯水跟一個空杯，將水稍微拉高的倒一半到另一個空杯。

「學長？」提著一大包東西走回學長身邊，疑惑看著學長手中的半杯水。

「喝吧，水不燙了，你媽要你來買這些是為了整你吧？」

「不是……不，也許是一半，我媽她怕自己試吃嘴饞，又怕發胖，如果交代弟弟跟妹妹她又不放心，現在看來，還可以順便整治一下討厭甜食的不孝子？」

聽到最後一句，讓學長有種想笑又笑不出來的感覺。

「你是什麼時候發現的？」

慢慢抿著水的人呆了一下，旋即會意學長指的是什麼。

「國中升高中的時候。」
「那你媽是什麼時候知道的？」
「高中的時候。」
「她怎麼發現的？」
學長的問題讓學弟皺著眉頭，咬起了紙杯。
「看社會新聞吵架的時候讓她知道的。每天在那邊碎念什麼『生女兒怕女兒肚子被搞大，生兒子怕搞大人家女兒的肚子。』然後就從青少年問題一路唸到情感價值觀，最後終於有一天我跟她說你兒子是同性戀，那些事情你一輩子不用擔心，再怎麼妄想也不會發生。」
是人都知道吵架是最不適合溝通的時機，而且如果是學弟以及連他都束手無策的母親，現場情況絕對比轉述的血腥一百倍。
「你也有又笨又衝動的時候啊……在吵架的時候說最不容易善了。」
「從國中被念到高中，我的耐性已經夠好了，不過，本來就沒打算瞞一輩子，與其讓對方抱有期待，還不如一開始就放棄，瞞得越久只會越扭曲。」喝乾了水，學弟低頭折起了空紙杯，像是禮盒裡有著花扣的小盒子。
「這樣好嗎？」接過學弟折好盒子，輕空空的感覺在手上，心頭上彷彿也有些什麼。
「我不想勉強自己，也不想勉強別人，我只是把謊言的重量轉換為真實，讓身邊的人都背負一樣的重量，至少真實不會越滾越大。」
學弟帶著笑容說著也許該是無奈殘酷的話，把學長手中的空杯折得小小方方，放進折好的盒子裡，再放回學長手上，發出叩喀叩喀的聲音。

「你啊……不要帶著微笑說這種話，心情不好表現在臉上也沒關係，發洩出來摔東西什麼的也可以，你這樣笑著太扭曲了。」而且看起來好心疼。

「是嗎？可是，大概扭不回去了。」學弟注視著騎樓外的過往人潮，臉上還是淡淡的笑容。「我媽是個好強的人，小時候連愁眉苦臉都會被罵，她是那種會教小孩被打就打回去，打完還要記得先告狀的母親，與其煩惱，還不如立刻解決問題，這幾乎成了我們家的家訓，連回敬三分都要能做到不見血卻永生難忘。」

「這……會不會太正向了一點？」

「她只是，從心裡判定那是屬於軟弱且無用的東西，發脾氣則是難看又沒家教沒建設性的行為，然後，認為那是身為孩子的我們完全不需要的東西。我媽從不動手打人，以一個母親來說她是盡責且能幹溫柔的，但她的要求對身為長子的我來說，比老爸抽打在身上的藤條還要殘酷。小時候是不習慣，再大一點覺得很有趣也很好，然後，就會漸漸覺得自己少了什麼。弟弟妹妹有我頂著，好像比較沒有這個問題，他們身上有著我所缺乏的東西。」

「你為什麼要告訴我這個？」

「學長不是想知道？」學弟看著學長，眼神有些遙遠，「當初碰你，是覺得你有趣，雖然那不全是我的風格……然後，看你動搖，認真，我卻迷惑了，我曾給過自己很多理由，你問我的問題也許也有自己的企圖，但每個答案都不是全部……只覺得，失去你好可惜，不想放手，在知道你真的喜歡我時高興地難以言喻。」原本遙遠的眼神回到眼前，淡淡笑容裡有著孩子似的好奇。「嗯，到底是為什麼呢？」

「我只知道我聽到前面的時候好想揍你……」學長無力的捂著臉，淡淡的紅透了耳根脖子。

「過完年再給你揍，只要不拋棄我就好……嗯？我看到我弟了，叫他過來？還是叫他停在原地我過去？」學弟拿出手機，詢問著，雖然身高很高，但是在這種人多到看花了眼的地方，還是仰賴科技比較保險。

「……叫他過來吧，他停在原地你過去比較困難，只是見個面不會怎樣。」

然後學長看到一個人努力的排開人群走過來，比自己高，比學弟矮，一看就知道個性跟他扭曲的老哥是兩個極端。

走來，看見自家老哥本來想開口說什麼，發現他在，看了看之後卻先乖乖的點頭打招呼。

「哥，車鑰匙先給我。這些東西是要我先拿回車上的嗎？」

「嗯，然後，媽在永樂下定決心的時候打個電話給我。」

「OK，然後這位是？」

「實驗室的學長。」

由於剛剛已經打過招呼，所以學長只是笑了笑。

「所以，哥，就是這一位？」

「是，記得保密。」

然後學弟家的弟弟開始乖巧認真的對著學長自我介紹詳盡招呼。

「學長好，希望我家個性彆扭喜歡整人的老哥沒給你帶來太大的麻煩，謝謝你照顧他，我是他可憐命苦的弟弟，叫我小偉就好、啊嗚！」

「我怎麼不知道你這麼可憐？」學弟敲上弟弟現在應該有點可憐的腦袋，無視弟弟裝模作樣的哀號。

「你比你哥可愛多了，有沒有女朋友？要不要我幫你介紹？你是喜歡美腿還是豐胸？」學長看著眼前嘻嘻哈哈很陽光的大學生，一邊覺得有趣，一邊感慨著兩個截然不同的個性。

「嗚哇～！學長你真好！再世父母啊！我可不可以既要豐胸也要美腿!?」

「你可以要，但人家不會要你，等級差太多，你不夠格吧？」

「唔咯、不、不夠格……」他沒有老哥騙人的氣質好歹也有八成像的容貌……居然被人說不夠格……

「乖，回去吧，媽還在等你，過年守歲的時候好好發個願，夠格了就會有女朋友了。」摸著弟弟的頭，學弟的安慰很隨便，提醒他別玩過了頭。

「嘖，我要跟你走不同的風格！幫你跑腿保密還這麼隨便打發我，呿！」

「過完年陪你去看電腦展，預算五千，夠了吧，想要筆電沒得商量。」

「成交，那你們慢慢逛，我把媽拖在永樂久一點，學長，你千萬不要隨便同情我哥，他這個人其實很卑鄙的、不要打我！本來就是！」

「扣一千五。」

「什麼!?我知道我錯了，四千啦！」

「兩千？」

「三千五就三千五……我走囉，哥最好也注意時間，比較安全。」

學長看提著大包小包的人消失在人群裡，學弟的弟弟雖然笑鬧，但是一次也沒鬧他，暗地裡細心的溫柔其實兄弟倆是一樣的。

「怎麼了？這種笑容。」

學弟回頭看見學長臉上溫柔莞爾的笑容，差點忍不住要伸出手。

「你弟真的很可愛，而且很有趣。」

「很好玩吧，畢竟是我弟弟。」

既然已經等到人，再停留於原地就太過顯眼，學弟一邊說著一邊拉著學長鑽過人少的騎樓。

「什麼，」你這是在得意什麼啊！「你都不吃醋？」

「沒有必要。」

學弟回頭一笑，都不知道他是自信破表，器量太好，還是真的不在意，也許是早就感受到學長的感想很單純。

「嘖，這個時候就會覺得你格外的不可愛。」

過年時的迪化街滿滿都是人，商家和購物者的眼中都只有價錢，人多嘴雜，旁人反倒根本不會去注意身邊的人說了什麼，學長啐舌的抱怨終究還是只有前面的學弟會聽見。

「不可愛才好。」總覺得被人說可愛是件很沒面子的事。

「可是這樣反駁就很可愛，」因為跟著學弟走，所以只能看到背影看不見表情，但還是能感覺到學弟受到刺激，其實漸漸了解了些，常常會覺得學弟的內傷彆扭得很可愛。「話說，你現在拉著我是要去哪裡？」

「朋友家的茶行，去拿之前訂下的冬茶，挑一下其他的茶葉，順便休息一下。」

「怎麼聽起來好多，你一個人的？」

「不全是，過年用的，我要的，老媽拿來送人的，重量輕體積大，拿起來更多。」

越是往後走，人潮的密度就越低，走路漸漸變的比較輕鬆，然後學弟帶著學長走進門口完全沒放任何東西的店家，清爽古舊的陳設飄著暖暖的茶香，店裡原本在泡茶的人，在看清客人的長相之後，完全換了表情。

「終於來看新茶了啊，東西一直幫你扣著，要不是我爸幫我留意，有些差點被我二叔幹走，這位是你朋友？看茶嗎？」

說話的人熟練的翻動茶塘裡的杯子，熱水灌注，在他倒好三杯茶的同時，學弟也很自然隨意的帶著學長坐在對面的位置。

「他不看茶，只是陪我來，這是今年的冬茶？」

「先喝味道淡的，這是杉林溪的金萱，一心一葉，今年梨山的茶品質比去年好，進的種類也多，還有老茶，味道很特別，不能賣你，只能分你一點，鐵觀音和水仙也不錯，今年的頂級的大紅袍最後再泡給你喝，雖然你買不起，但是味道太好，就讓你嚐嚐……所以，你是誰？他可從來沒帶過這種『朋友』來茶行看茶葉。」介紹完茶葉的茶行小開，笑盈盈的轉頭詢問低頭品啜茶湯的學長，很好奇、很八卦，但沒有惡意。

「他實驗室的學長，你是？」清潤的甘甜香氣自口腔擴散至嗅覺，嚥下後那清淡、微涼，比果甜更高雅清爽的回甘才漸漸明顯清晰的呈現，在呼吸間越來越強烈。

「他高中同學，放心，我有女朋友，當初會熟是因為很少碰到懂茶的同齡人，我家又賣茶，這很自然，如何，茶好喝吧？」

「我不懂茶，不過喝起來很順，雖然淡，可是很香，甘味裡有涼涼的感覺。」

學長很自然老實的說出喝完的感想，而怕燙的學弟，端著杯子、輕垂雙眼的品香，學長說完的時候才正抿下第一口茶。

「哇哦……味覺很好嘛，不懂也沒關係，滿口茶經卻根本喝不出差別的那種懂不要也罷，這是二泡，所以會有涼涼的感覺，你喜歡味道厚的還是像這樣比較清爽的茶？草葉香的白茶要不要試試？」難得碰到一個年輕且味覺好的客人，也很年輕的賣茶人不自覺興奮得想要拿出好茶，看看眼前的人能否找到中意的茶葉。

「你這是在幹嘛？」學弟喝完茶，放下杯子，看著雙眼發光的同學皺眉頭。

「什麼？喔，你喝完啦？沒幹嘛，看他味覺這麼好，讓我燃起了商人魂，想看看店裡有沒有他喜歡的茶，所以，這個，要嗎？」

「一斤一包，給我三包，我舅媽今年還要東方美人，店裡有好的嗎？」

「有，你要試喝嗎？」

然後學長看到學弟又皺了眉頭，想了想。

「……不，不用了，讓我看茶葉就好。」

然後學長露出非常疑惑的眼神，看著笑嘻嘻以白磁碟端出茶葉的賣茶人，以及嗅著乾茶葉香，挑弄審看著茶葉的學弟。

「為什麼不試喝？東方美人不是很有名的茶嗎？應該不難喝吧？」學長說完，學弟停下了動作，笑嘻嘻的人變成了哈哈笑。

「要不要喝喝看？你有喝過嗎？」

「喔，好啊，我聽過名字，但沒喝過。」

「不要拿給他喝。就這個，幫我包一斤。」

「衝你這句話，我拿店裡最好的東方美人出來，這個一斤是吧？」終究是茶行的小開，很熟練快速的把茶封好，然後取了茶回到位置上，拿出另一只壺沏起新茶。

學長看眼前兩個人截然不同的反應，也覺得有趣。

「為什麼不讓我喝？」

「哎呀，何必問他，你喝了不就知道？」小開愉快的看了學弟一眼，打斷學弟說話的機會，將茶放到學長前面，香氣馥郁，呈現漂亮的琥珀色。

學弟持續沉默，學長發現杯子不怎麼燙，然後喝了一口，驚訝於它甘醇濃郁的口感以及入口的甜味，也很快的明白學弟為什麼不想讓他喝以及眼前的人為什麼笑得這麼樂，不由得跟著呵呵的輕笑著。

「懂了吧？很好喝吧？」

「沒想到這麼甜，這個怎麼賣？」

店小開聽到學長說要買，笑容一僵。

「你要買？」

「嗯，怎麼了嗎？」

「欸……你剛才喝的那杯大概是兩萬塊，你確定你要買嗎？」

「這麼貴？」沒進過茶行的學長總算親自體驗到茶葉的天價。

「因為那是店裡最好的，平常想喝的話，他買的那種就已經很好了，那個是一斤一萬二，你可以只買半斤。」

「那就半斤吧，這裡應該是只能付現不能刷卡，你知道最近的提款機在哪裡嗎？」

「錢不夠？讓他幫你付就好啦，客氣什麼!?」

店小開說得理所當然很愉快，看著店小開的學弟表情則是小不爽。

「學弟？」現況很微妙，學長側著頭輕輕詢問。

「嗯？」

「你是不想付錢還是不希望我買這個？」

「……你如果買了這個回去你打算怎麼辦？」

「一半給家裡，一半自己喝。」

「……所以最後一定是我泡給你喝吧？」

原來如此。

「這又不是糖的甜味，買回去是我喝，沒關係吧？我又不會強迫你喝。」

騙人……哪一次你不是死纏活磨要我喝一口那個超甜奶茶……

「咳咳，兩位，你們這個問題麻煩等等私下解決，然後，你還有要買什麼嗎？梨山的玉露金萱要不要看看？」

「嚐嚐看玉露……？你帶著茶具要去哪？」

「帶你們去裡面客人專用的小客廳，等等我有事，有個客人約了時間要來，放你們在外面不好，我泡好東西放著，你們就在裡面順便討論一下到底買不買。」店小開說得促狹，開了爐子，注了水，很快的泡好四泡茶溫著，便放下他們回到前廳整理茶具。

小客廳裡一時很安靜，學長啜著茶細細分辨味道，還在想著要怎麼說服學弟幫他墊這筆錢，學弟卻伸手拿走他手上的杯子，在他反應不過來的時候貼上熱吻，讓他只能在暈眩與被挑起的情慾間，恨恨的抓著這個幾乎讓他忘記抱怨的傢伙。

帶有茶葉甘甜香氣的吻從濃烈轉為半哄半騙，學長幾次想把人推開都失敗，溫暖的氣息和體溫任性卻溫柔的包圍自己。

學長半賭氣的回應，然後暗自後悔這裡不是賭氣的地方……學弟卻比他想的還要有自制力。輕輕的鬆手，柔柔的舔咬著嘴唇，感覺嘴唇又麻又腫，兩人靠得很近的氣息都很亂，又漸漸在學弟眷戀的廝磨裡緩緩恢復，原本捧著頭的手圈在腰上，學長才發現自己現在幾乎半躺在學弟身上。

身體有些發軟，被這樣抱著很舒服，抱著自己的人很規矩。

本來想罵人的衝動也消失了，說不定這個傢伙一開始的目標就是這裡的這張沙發，就算明知道不能做什麼。

最後學長還是買了。

✤ ✤ ✤ ✤ ✤

回家後的夜裡，學弟在自己的房裡泡著新買的阿里山珠露，捲著毯子，在茶香裡延續白日的記憶。

學長的確沒有足夠的現金，但是他有支票，整本空白的支票是早上才去銀行換的……真的很剛好，不過，早該知道只要扯到錢，學長就不能以一般學生的狀態來判斷，看學長那時候輕鬆地簽支票買了比預定還多的茶葉，其實很想笑。

珠露回甘的香氣甜味自舌根與喉嚨擴散，其實，他並不討厭甜食甜味，只是沒那麼喜歡，有好吃的當然還是會吃。

只是比較喜歡不甜的，甜味，再清爽再自然，只要稍稍的超過了，就會很膩。

帶著蜂蜜香的東方美人只是對他來說太甜。現在的生活對他來說也平穩得讓人害怕。

離開學校，回到家，才發現自己會不自覺的比較時間的差異，會在等茶水變涼的時候想起那個在紅茶裡狂加糖的人。

然後許多的細節瑣事醞釀成叫做思念的東西，意識到自己也養成了習慣。

覺得驚恐。

雖然是自己決定的事，依然還是覺得學長很有趣，對他偶爾的反擊感到可愛，小受挫折也無法生氣。

他不知道這是不是愛情，他很少為一個對象思考這麼多，也從未真正的讓人如此貼近他的生活……但如果在改變與被改變裡同時感覺到恐懼與快樂是愛情的本質，現在才開始有戀愛自覺的自己果然很可笑。

難怪學長會生氣。

帶著苦笑，又替自己倒了一杯，冷天的夜裡涼得很快，觸手只剩稍熱的溫度，香味也隨著溫度漸漸稀微黯淡。

其實有一點想收手，想……逃跑，只要放棄依舊可以從容自若，享受遊戲，偶爾想起的時候空虛寂寞，但會一直很隨意快樂。

不想讓自己的蠢樣子被發現，不想被嘲笑，最近，越來越在意，因為對象是學長而格外在意。

差距好大……專業的知識與技術，明確的人生目標，財富。

也許，並不是兩年後選擇結束，而是自己只能擁有這兩年。

因為想要擁有，所以看見了距離。

不想考研究所的人考上了，喜歡現在的生活，覺得思考與實驗痛苦而有趣，在看到新方法跟數據時會感到興奮好奇……不知道要不要繼續念，也不知道畢業之後做什麼，唯一明確的只有追求快樂，而現在，連這個也不明確了。

人在挑選東西的時候總是看上能力以外的事物，嚮往或憧憬，欲求，努力得到……有人是無法久留，也有傾家蕩產，或是一輩子得不到。

那認真的眼眸對自己而言太好了。

冰透的茶滑過喉嚨，寒冷的感覺讓人回神，學弟才發現自己不知不覺想了好久。

自己還在他身邊的時候是很難放棄的，覺得自己應該沒有辦法看著學長跟別人在一起，在忘卻自己之後向自己以外的人露出釋懷的笑容。

一直都不太喜歡自己，現在更討厭了，人只要有了自覺，器量就出乎意外的狹小。

想要欺負他，逗弄他，看遍那張臉的每個表情，好想這麼做。

曾經可以，現在，已經做不到了。

學弟放下茶杯，以溫開水漱口後倒回床上，輕輕的闔上眼。

下次見面，就是回實驗室的時候……老媽……會花多久的時間發現呢？

✤ ✤ ✤ ✤ ✤

學長跟學弟兩個人都不是習慣每天通電話，黏得很緊的那種情侶，而學長家那邊，每到過年該走動客套的一個少不了，其實也很忙碌。

學弟再次聽到學長的聲音是年初三，電話彼端的聲音一開口就問他人在不在台北。

「嗯，怎麼了？」電話彼端的聲音不少，有種在空曠環境人多的感覺。

「什麼怎麼了，不是約好要看電影？你現在人在哪裡？我開車順便繞一下，他們都已經到華納了。」

呆滯，聽著電話那頭的背景對話，學弟非常快速的做出反應。

「啊，糟糕，對不起，在外婆家都忘記了，學長要從哪過來？嗯，那我就搭捷運到那裡碰頭，稍後見。」

學弟掛上電話，拿起圍巾外套，檢查錢包，坐在沙發上嗑瓜子的父親把視線從電視機移到他身上。

「兒子啊，約好了要出去？」

「嗯。」

「記得跟你外婆舅舅舅媽打個招呼，晚餐不回來吃就打個電話，別讓你媽碎碎念。」

「嗯。」

「自己的事自己要想清楚，父母也只求你們無病無痛餓不死，再多的我們也管不了，但是自己要會打算，別後悔了，尤其你……我們說的你們這些年輕人也不愛聽，算了，快出去，玩久一點，反正吃飯的時候家裡人多坐不下。」

父親說到最後眼睛根本不看自己，聽爛的句子裡卻多了以前沒有的東西。

「嗯，那我走了，應該不會回來吃晚餐。」

穿上鞋，關上門，戶外乾冷的空氣刺上皮膚，學弟抬頭看著台北一直很難晴朗的天空，強迫自己不去思考父親的話究竟是妥協還是接受。

不能高興得太早，不能期待得太高，這是自己的事，理想是需要時間的。

寒冷與最近接連發生的事，讓學弟在移動的路上不自覺的放空心神，近乎呆滯的看著捷運的啟動與停止，看著進進出出的人，突然覺得這樣看著也很好。

不能太貪心。

出了站，靠在牆邊，輕輕的笑了，最近，變脆弱了……情緒變得很容易起伏。

「在想什麼？」

靠得很近的聲音，潛藏著愉悅的笑聲，好像很認真的想知道，好像又不是。

「沒什麼，學長不是說要開車？」掛著微笑的人站在身邊，有種莫名的充實。

「停好了，附近走走再上車吧，好不容易才出來。」

學弟看學長鬆了口氣的表情，腦中閃過老媽常看的連續劇劇情，想同情卻又很想笑。

「剛才電話裡好多聲音，這樣閃人不要緊嗎？」

「被迫跟與家裡往來長輩家的小孩一起行動才有問題。比自己小的有代溝，跟自己一樣大的要有器量風度，比自己大好說話卻沒幾個，老人家滿腦子都是親上加親，再不落跑就撐不下去了。雖然我爸媽是不太在意，但我還是會做做樣子，總不好讓他們太為難。」

兩人坐在捷運綠蔭下的長椅上吹風，學長呼了口氣，揉著因為營造自然表情而疲勞的臉，眼神卻沒有太在意。

「不討厭嗎？」

學弟的問題讓學長笑了笑。

「我們家沒有所謂有錢人的規矩，真正很有錢是到我爸那一代才開始，所以並不會很講究排場，往來的長輩自然會有你喜歡或不喜歡的，比較麻煩的是長輩的小孩，有些還蠻幼稚可笑的，但一年也就這一兩次，笑笑就算了，那種程度還真沒辦法生氣，會覺得當父母的很可憐。」

「可以想像。」簡單來說就是討人厭的死小孩變成很有錢有影響力的死小孩，從討人厭進化為可笑到無法生氣，但還是很討厭的那種。

「我覺得……應該比你想像的程度溫和一點，沒那麼糟，只是想法比較隨便。現在呢？要去看電影嗎？不看的話我們兩個回家都沒辦法交代吧？」

「也是，」跟著學長站起身，微微縮了脖子。「學長什麼時候回學校？」

學長拉開銀色的JAGUAR車門，示意學弟上車，自己坐上駕駛座，稍稍數了下日子。

「大後天吧，大部分的人都是那個時候回實驗室，今天初三，你那個學姐A大概明天就回去了，怎麼，你呢？」

「明天或後天，留在家裡也沒意思，回去實驗室看看Paper做些實驗，開學以後會比較輕鬆。」

「還真認真，有沒有意思要直升？」熟練駕車的學長輕鬆轉動方向盤，這種應該是轎跑車的車款開在台北市，其實有點可憐。

「直升……我還在猶豫要不要念博班，學長就直接問我要不要直升。」

等待紅燈，學弟的表情帶著苦笑，思考卻茫然且空白，讓學長看得不明所以。

「這種事情為什麼要猶豫？有什麼好猶豫的？想念就念，家人應該不會反對這種事吧!?」

「是我不知道自己想不想念博士班，也不知道離開學校之後要做什麼。」

學長聽了之後捂著嘴撇過頭，微微紅了耳根，肩膀卻看得出在笑。

「在笑什麼？」不知道為什麼不生氣，只覺得好奇。

「……被污染了。」學長還是沒有放下手，看著人行號誌燈的讀秒，就是不看學弟。「聽你這麼示弱茫然，我覺得好得意啊……」

學弟聽了微微一呆，如果是以前的自己的確是不會說出口，不管是面對誰都不會說。

想著，學弟輕輕笑開了臉，貼向駕駛者的耳邊。

「所以想笑？」

「嗯。」

「手放下來。為什麼摀著？」

「不知道。」也是……明明很得意……

「因為太得意了所以不好意思？你不開車嗎？」

己方車道已經轉換為綠燈，前面的車已經離開了一段距離，後面的車應該正想按喇叭問候這台車到底在幹什麼。

放下手，學長猛踩油門，迅速的鑽過車陣，被作用力甩回座位的學弟別說看到表情，撞到一下還有些痛。

開在車陣前端，速度維持在速限的最大值，學弟細細的悶哼讓學長得意的發出哼哼的笑聲。

「怎麼樣，開車技術不錯吧？」

「小氣，給我看一下又沒什麼。」

「哪能每次都讓你稱心如意!?如果不知道，就念吧，你其實還是很喜歡實驗的不是嗎？」

「是啊……」

「能知道自己喜歡就不要輕言放棄，有多少人迷迷糊糊很痛苦的念完博士碩士，能有快樂做一件事的機會，當然要試試吧!?」

「學長真的很喜歡做研究。」

「也沒有很喜歡啦……」

「……等我念博士班的時候，學長應該畢業了吧？」

開車的人愣了一下，不小心搶了黃燈。

「什、……這是你不想念的原因？」

「少了高人相助，我應該會沒辦法畢業吧。」

……學弟……想要我陪你就明說好不好……

「我才博二欸學弟，很拚很拚的話是博三畢業，一般輕鬆的話是再花兩年半，而且以你的情況，不用我幫忙也沒問題。」

「學長這麼希望我直升？」

「雖然直升有直升的缺點啦，但我覺得你很適合，而且，你直升的話，加你那學姐G，我們就可以來做大型實驗了!!」

「原來是這樣啊……」

「什、什麼！不要想歪！你還有半年可以考慮好嗎!?你碩一申請是來不及了，你應該是碩二申請，下定決心的話學分要趁早修一修，還好你實驗快做完了，照進度你碩二本來就很輕鬆……幹嘛？」

「沒什麼……那學長呢？博士讀完之後呢？」

「我想在研究所熬到兵役期只剩一年再畢業，當完兵……回實驗室當助理休息一下，抓回手感，然後拿著老師的推薦函出國……嗯，大概是這樣。」

「不考慮替代役？上次好像聽說還有在中研院服替代役的，還是可以做研究，比較輕鬆吧？」

「不好，耗太久，完全被綁死還做白工，早死早超生一次痛快比較好，反正才一年，考上軍官做文書的話更清閒，一年之後想去哪裡都可以。」

「出國啊……有錢真好，我現在所有的個人財產，大概只夠買去美國東岸的來回機票吧？」

停車，下車，聽到學弟的口氣，鎖上車門的學長皺了眉頭。

「什麼有錢真好⁉我高中的時候可是每天當菜籃族的好嗎⁉除了期貨沒賺沒賠之外，基金股票我也是有很認真的在顧，不然哪那麼多錢⁉我很窮的好嗎？那些是出國後的生活費！你懂不懂啊⁉」忿忿的說完，往華納的方向走去，走沒兩步，像是想到了什麼，又笑笑的回頭。

「欸欸，學弟，你說你的錢夠買到美東的來回機票？」

「嗯，怎麼？」好久沒看見學長笑得這麼專業燦爛，感覺懷念的同時，心中警鈴大作。

「把錢給我，我們後天去開戶吧？」

「……什麼？」第一次，從頭到尾都在狀況外。

「什麼什麼，沒錢是吧，幫你操盤，保證不虧，我有瑞銀的戶頭，不喜歡台灣的還可以幫你買國外的，怎麼樣？」

「瑞……瑞士銀行？」

「是啊，國際交易用瑞銀比較方便，而且他是專員制，保密跟服務性都比較好。」

學長嘴上在回答他，愉快的眼神表情卻已經完全不在這個世界，運作中的大腦似乎已經開始構思要幫他投資什麼。

學長上次拿出支票的時候雖然驚訝倒也還好，這次就真的有見識到的感覺了……只要扯到錢，學長真的不能使用一般標準，瑞士銀行跟國際交易，不知道名字或是想都不敢想的人究竟有多少，真是數都數不出來。

無奈的嘆息，滿臉苦笑，靠上前去拍了拍學長的頭。

「停一下，停一下，我們先去看電影，先想想要看什麼吧？」

聽到學弟的話，微低的頭頓了一下，抬起臉看了看學弟，又轉去看廣告版，看了很久，很久……把頭轉回來看學弟，完全無法定下心的感覺。

「學弟，交給你了！我只要好笑的片就好，要排隊買票的時候再叫我，我有華納的卡，今天我出就好，你回學校的時候記得帶印鑑跟身分證，我剛剛好像想到什麼……」

「乖，先別想了，看完電影再說吧？嗯？」

學長再次抬頭看學弟，這次笑的很燦爛，很燦爛。

「我不想的話你的錢就沒咧，你確定你要把錢放火燒掉!?既然這樣你乾脆把錢給我嘛，雖然沒多少，可是我很窮，你確定不要我想嗎學弟？」

……問題是我從剛才就沒答應過你啊學長……

第一次，學弟完敗，輸給自己戶頭裡被嫌棄沒多少的新台幣，孤孤單單的挑選要看的片，孤單的拖著其實已經完全不想看電影的學長，在人很多很多的地方無奈的排隊。

（未完待續）

要彩虹2　PG2767

要有光 FIAT LUX

實驗室系列
——學長與學弟（上）・相知篇
【台灣耽美經典作品全新修訂版】

作　　者　Arales
責任編輯　楊岱晴、石書豪
圖文排版　陳彥妏
封面設計　茵萊登曼特
封面完稿　吳咏潔

出版策劃　要有光
發 行 人　宋政坤
法律顧問　毛國樑　律師
印製發行　秀威資訊科技股份有限公司
114台北市內湖區瑞光路76巷65號1樓
電話：+886-2-2796-3638　傳真：+886-2-2796-1377
http://www.showwe.com.tw
劃撥帳號　19563868　戶名：秀威資訊科技股份有限公司
讀者服務信箱：service@showwe.com.tw
展售門市　國家書店（松江門市）
104台北市中山區松江路209號1樓
電話：+886-2-2518-0207　傳真：+886-2-2518-0778
網路訂購　秀威網路書店：https://store.showwe.tw
國家網路書店：https://www.govbooks.com.tw
總 經 銷　聯合發行股份有限公司
231新北市新店區寶橋路235巷6弄6號4F
電話：+886-2-2917-8022　傳真：+886-2-2915-6275

出版日期　2023年5月　BOD一版
定　　價　320元

讀者回函卡

Printed in Taiwan

國家圖書館出版品預行編目

實驗室系列：學長與學弟(上). 相知篇【台灣耽美經典作品全新修訂版】/ Arales著. -- 一版. -- 臺北市：要有光, 2023.05
面； 公分
BOD版
ISBN 978-626-7058-60-2(平裝)

863.57 111016182